Christian Lehmann

Tant pis pour le Sud

Médium
11, rue de Sèvres, Paris 6e

Du même auteur à *l'école des loisirs*

Dans la collection *Médium*

La Citadelle des cauchemars
La Nature du mal
No pasaran, le jeu

Loi n° 49.956 du 16 juillet 1949 sur les publications
destinées à la jeunesse : mars 2000
Dépôt légal : février 2001
Imprimé en France par Bussière Camedan Imprimeries
à Saint-Amand-Montrond
N° d'édit. : 3945. N° d'impr. : 010939/1.

À Virginie Vanberg, alias Véronique Dupont Pourquié,
À Henry Loose, alias Laurent Tiphaine,
À Tony Cafiosi, alias Yannick Roussille,
À Dan Rivers, alias Pascal Forneri,
À Laszlo Kovacs, alias Alain Chabat,
À Philip Hayworth, alias Pascal Héricotte,
À Émile Charlebois, alias Muriel Olivier,
À Shotgun Shorty, alias Dominique Granger,
À Abraham Fingerhut, alias Patrice Eydoux,
À Michael Avenkovitz, alias Stéphane Dovert,

Au groupe Zebda,

Et à mes amis du Sud, qui résistent « avec l'accent des cigales »…

Céline avait toujours détesté le Sud. Depuis près de cinq ans maintenant, à l'approche des vacances, le cauchemar recommençait. Le pire, c'est qu'elle ne pouvait rien faire pour freiner l'inéluctable. Les jours succédaient aux jours, la période des contrôles de fin d'année passait à toute allure, et elle se retrouvait seule, face au long désert de juillet, dans le même train, dans le même avion, entourée des mêmes touristes encombrés de bagages, des mêmes indigènes braillards. Elle détestait le Sud, la fiction anesthésiante du soleil et de la plage, qui n'avait rien à voir avec la réalité. Le Sud était brutal, cruel comme un coup de soleil ou une chute sur les genoux dans la garrigue. Le Sud était une insulte à tout ce qu'elle était, à tout ce qu'elle avait tenté de devenir.

Ses parents, bien sûr, ne voyaient pas les choses comme cela.

– Tu sais que ça te fera du bien, disait sa mère. C'est du bon air, et puis au moins là-bas on sait où tu es.

Et son père de renchérir :

– Ça ne peut pas te faire de mal de quitter un peu tes bouquins, de t'aérer. Tu devrais te forcer à aller à la plage tous les jours, à nager pour te redresser le dos. Tu as vu un peu comment tu te tiens ? Tu crois que tu vas attirer les garçons comme ça ?

Céline leur opposait un silence méprisant, partait s'enfermer dans sa chambre. Ça ne manquait pas. Chaque fois c'était pareil. Elle les entendait chuchoter dans le salon, puis son père venait ouvrir la porte, sans frapper bien entendu.

– Ta mère et moi, nous ne voulons pas que tu t'enfermes. Nous ne sommes pas des étrangers, que je sache. Nous sommes ta famille. Tu n'as pas besoin d'avoir de secrets...

– C'est pour vous que je le fais, rétorquait Céline. Je ne veux pas vous déranger avec ma musique.

– Ta musique... Parlons-en de ta musique... Mais enfin, c'est un autre sujet. Je préfère encore avoir à subir ta musique plutôt que de vivre avec les portes closes. L'appartement n'est déjà pas si grand, on ne va pas commencer à se cloisonner comme des sauvages...

Céline haussait les épaules, l'air de dire : « Tu l'auras voulu, papa... » Elle attendait qu'il soit retourné dans le salon, devant la télévision, puis elle glissait un disque de rap dans le lecteur de CD. Pas n'importe quel disque de rap. Le seul et unique disque qu'elle avait consenti à acheter: *Le Bruit et l'Odeur*, d'un groupe toulousain, Zebda. Elle adorait cette chanson, elle adorait la façon dont le groupe avait détourné les élucubrations pathétiques de fin de banquet d'un homme politique pour composer cet hymne à la tolérance, au métissage. Et pourtant, en règle générale, elle avait la plupart des rappeurs en aversion, comme elle détestait tout ce qui pouvait ressembler de près ou de loin à une mode. Elle avait vu avec horreur des ministres de la Culture en mal de reconnaissance venir défendre sur des plateaux télévisés l'originalité de rappeurs millionnaires prétendument issus des banlieues. Foutaises! Derrière les poses artistico-révolutionnaires, elle décryptait sans difficulté l'utilisation politique qui était faite de tous ces abrutis. Et voilà maintenant qu'on les invitait en boucle à la télévision, où ils venaient parader en empochant sans broncher les royalties que leur reversaient les compagnies d'articles de sport qui sponsorisaient chacun de leurs passages. Derrière la révolte apparente de certains rappeurs, elle devinait le goût de l'argent facile, le machisme, le mépris des femmes. Jusqu'au nom de la plupart des groupes: Nique ta mère, par exemple. Nique ta mère… Pourquoi pas Cogne ta meuf, tant qu'ils y étaient ? Le genre d'expression de café du Commerce qui n'aurait pas déparé dans la bouche d'un des troufions avec lesquels elle était parfois obligée de coexister dans un compartiment le temps d'un voyage en train vers le Sud. Déjà, les militaires n'étaient pas des lumières, mais les militaires du Sud… À croire que la tonsure et le soleil conspiraient à griller sous leur crâne le dernier soupçon d'intelligence humaine.

Pour ce dernier voyage, elle avait été dispensée de ce supplice. Papa avait décidé, après avoir étudié les tarifs du train et de l'avion, qu'ils descendraient tous les trois en voiture. Son patron lui avait donné le jeudi et le vendredi, ce qui faisait quatre jours au total. Le temps de descendre jusqu'à Sollières, et d'enterrer Julien.

– Tu es sûre que ça va ? demanda la voix de Maman à travers la porte de la salle de bains.

– Oui, oui, ça va, réussit à articuler Céline entre ses dents serrées. Ses mâchoires lui faisaient mal, comme lui faisait mal l'entaille rouge de ses dents dans la paume de sa main. Elle ne pleurerait pas, elle se l'était interdit. Elle ne pleurerait pas devant eux. Elle partageait leur chagrin, mais en aucune façon elle ne voulait se joindre au cortège hystérique qui avait défilé dans la maison de son oncle depuis le matin. Femmes d'un autre âge vêtues de noir, au visage sillonné de rides, et qui semblaient capables de déclencher automatiquement un torrent de larmes au passage de la porte. Adolescents boutonneux, ex-camarades de classe de Julien, aux oreilles incrustées de cérumen, que l'on poussait vers elle, comme en une inconsciente tentative d'appariement : *Va les voir, ma chérie, va leur parler, ils sont de ton âge...* Voisins grotesques, vêtus de costumes trois-pièces luisant de crasse fraîchement repassée, et chaussés de tongs en plastique fluorescent. Tout ce monde bruissait dans la salle à manger et autour de la chambre du mort, bifurquant de temps à autre vers la cuisine pour se réapprovisionner en glaçons. On avait tiré les volets pour empêcher la chaleur d'entrer, et pour échapper au regard des journalistes et des curieux. Une camionnette de la station régionale de télévision était garée depuis midi en face de la maison, et Céline, en allant acheter des cigarettes, avait surpris le manège d'un des voisins, M. Bonduelle. Venu présenter ses respects à la famille du défunt à l'heure de l'apéritif, M. Bonduelle était ressorti de la maison au moment où l'équipe de télévision débarquait son matériel. Il avait patienté dans le jardin le temps qu'il fallait, inspectant les massifs d'iris et les cactus avec un intérêt inédit, avant de se présenter devant le micro du reporter. L'interview touchait à sa fin lorsque Céline poussa le portail. M. Bonduelle blêmit, sa voix trembla, devint inaudible. Dans le même temps, le regard du journaliste zappa de l'un à l'autre, tandis qu'il semblait évaluer à toute vitesse l'intérêt respectif des deux reportages. D'un côté, le témoignage, très couleur locale, mais dénué de faits marquants, de l'éternel voisin. De l'autre, l'éventualité d'une pathétique crise de larmes en direct, *live*, d'une amie de la victime. Il zappa sur Céline, laissant M. Bonduelle en plan sur le trottoir avec un bref:

– Merci, c'était parfait.

– Vous n'avez pas noté mon nom, insista le témoin numéro un, décontenancé mais opiniâtre.

– Mademoiselle, s'il vous plaît, c'est pour les informations régionales.

Céline ralentit le pas. Le sang battait dans ses tempes.

– C'est Bonduelle, comme les conserves. B-O-N-D-U-E-2L-E…

– Vous étiez proche de Julien?

– Oui.

– Vous accepteriez de nous dire quelques mots?

– Peut-être.

– Pourriez-vous nous décrire la personnalité de votre ami ?

– Ce n'était pas mon ami.

Le reporter eut un blanc, baissa sa garde et son micro :

– Ce n'était pas votre ami ?

– C'était mon cousin.

– Ah, d'accord. Excusez-moi. Sincèrement, je suis désolé. On va la refaire, prêt ?

– Non.

– Pardon ?

– On ne va pas la refaire. J'ai accepté de vous dire quelques mots, pas de tourner un spot publicitaire.

Il y eut un blanc, beaucoup plus long, puis :

– Julien était votre cousin. Pouvez-vous nous parler de lui ?

– Julien est… était très intelligent, très ouvert sur le monde. Il aimait le sport, le plein air, la natation… Ce n'était pas quelqu'un de morbide, de dépressif. En tout cas, ce n'est pas le souvenir que je garde de lui.

– Quand l'aviez-vous vu pour la dernière fois ?

– L'été dernier.

– Et tout s'était bien passé ?

– Oui. C'étaient les vacances. Il était heureux, il voyait souvent ses amis. Il allait à la plage.

– Vous l'accompagniez dans ses sorties ?

– En quoi ça vous regarde ?

Le journaliste ne fit cette fois même pas mine de sourire, enchaîna :

– Connaissiez-vous ses amis ?

– Vaguement.

– La rumeur voudrait que Julien ait été un adepte des jeux de rôle. Le saviez-vous ?

– Un adepte ?

– Selon des informations concordantes, Julien et un groupe de ses camarades auraient été interrogés par la police en février dernier lors de l'affaire de la profanation du cimetière.

– Je ne suis pas au courant.

– Votre cousin ne vous avait pas parlé de ce côté de sa personnalité ? C'est quelque chose qu'il laissait volontairement dans l'ombre ?

– Oui, sans doute. Comme son habitude de dormir le jour pendu par les pieds aux poutres du grenier. C'est le genre de truc qu'il préférait ne pas ébruiter dans le voisinage.

– Ainsi Julien masquait à ses proches son goût pour les jeux de rôle ? reprit le journaliste sans broncher.

– Et vous, je vous demande si vous achetez *Newlook* pour les articles de fond ?

Elle tourna les talons, s'éloigna en grimaçant.

Arrivée au bar-tabac, elle défroissa longuement le billet de cinquante francs qu'elle avait tenu dans sa main crispée pendant toute l'interview.

Céline était reconnaissante au curé de la paroisse. Son sermon à l'église lui avait permis de tenir le coup, malgré les pleurs autour d'elle. Elle s'était concentrée sur chaque parole du religieux, comme si son prêche était le sujet d'un exercice de contraction de texte. Premièrement, définition des principaux thèmes du discours. Deuxièmement, analyse de son articulation. Troisièmement, synthèse à deux sous pour copie de brevet d'études supérieures. Elle ne croyait pas en Dieu, en tout cas pas au Dieu dont il était ici question. Et elle ne pensait pas que Dieu croyait en elle.

Enfin, ils sortirent de l'église. À l'arrière du fourgon mortuaire, le cercueil de Julien disparaissait sous les fleurs. Le fourgon démarra, et la foule lentement se mit en branle, dans la lumière éblouissante de l'après-midi. *Quelle heure est-il au soleil ?* songea Céline. Elle n'en savait rien. Elle se concentra sur cette question, tâchant de ramener à elle ses souvenirs de géographie de l'année dernière, sans succès, tandis que le défilé traversait la grande rue du village. Sur les trottoirs, sous l'auvent des échoppes, à la terrasse des cafés, les passants, les clients, les commerçants se figeaient au passage du cortège. Au rez-de-chaussée d'un immeuble poussiéreux, la grande fenêtre basculante d'un cabinet de dentiste avait été ouverte à l'horizontale, de façon à pouvoir bien contempler le spectacle. Le dentiste, un homme d'une cinquantaine d'années au teint rougeaud, et sa cliente, une jeune fille de l'âge de Céline vêtue d'une robe à fleurs aux teintes pastel, se tenaient immobiles. Lui debout, le bras légèrement écarté du corps tenant en main un de ces longs tentacules métalliques que Céline avait en horreur. Elle, allongée sur la chaise en cuir, la bouche légèrement déformée par des bâtonnets de coton, une serviette glissée sous le menton, tournait la tête et écarquillait les yeux. L'image se fixa dans la mémoire de Céline, triste et grotesque comme une photographie de Diane Arbus. Elle se jura, sans savoir pourquoi, de ne jamais l'oublier. Puis la procession obliqua dans la rue qui menait au stade, et enfin au cimetière. En l'espace d'un instant, ils eurent laissé derrière eux les maisons, et un vent chaud, sec, vint les faire vaciller. Les vieillards se tassèrent sur eux-mêmes, les plus valides se resserrèrent les uns contre les autres comme un troupeau à l'approche d'un prédateur.

Céline marchait à côté de la vieille CX dans laquelle avaient pris place sa mère et sa tante Sylviane. La mère de Julien n'avait rien dit depuis le matin, depuis leur arrivée. Gavée de tranquillisants, elle s'était laissé guider jusqu'à l'église. Une fois installée dans la voiture, elle avait pris la main de Céline par la portière, et l'avait tenue un moment contre sa joue avant de la garder serrée dans la sienne. Céline évitait de regarder à l'intérieur de la voiture. Elle savait que si elle croisait maintenant le regard de sa tante, elle ne pourrait plus retenir ses larmes. De temps à autre, les sanglots de Sylviane se communiquaient à son bras, et elle sentait comme une décharge qui lui coupait le souffle. La procession passa devant le stade désert, sur lequel Julien et ses copains venaient s'entraîner au foot, avant... puis obliqua une dernière fois dans l'allée du cimetière. C'était une longue bande de ciment, bordée de chaque côté par une rangée de peupliers trop maigres. Les feuilles et les branches bruissaient, affolées, malmenées par le vent. À l'écart, une Mercedes noire était garée à l'ombre chétive d'une cabane de chantier oubliée là depuis des années. Un homme se tenait non loin, ses yeux cachés derrière des verres fumés, et observait le cortège. Son regard s'arrêta sur Céline, et il lui sembla qu'elle le reconnaissait, qu'elle l'avait déjà vu. Mais où? Puis le sirocco redoubla d'intensité, soulevant brusquement un nuage de poussière ocre, cinglant les visages. Elle baissa les yeux, trop tard. Elle pleurait maintenant, des pleurs d'irritation qui se transformèrent bientôt en sanglots. Julien était mort. Elle eut l'impression qu'elle ne s'arrêterait jamais plus.

– Comment ça s'est passé, ma chérie?

– Moyennement.

– Moyennement? Moyennement comment?

– Moyennement moyennement! Qu'est-ce que tu veux que je te dise de plus?

– Ne te mets pas tout de suite en colère. J'essaie de savoir, c'est tout... La philosophie est une de tes meilleures matières, il est normal que je m'intéresse à la façon dont s'est déroulé ton bac blanc...

– Écoute, Maman, je n'en sais rien. Il faudra attendre les notes.

– Mais dis-m'en un peu plus, au moins...

– Qu'est-ce que tu veux savoir, au juste?

– Je ne sais pas. Comment était ton examinateur?

– C'était une femme. Une vieille bigote avec un chignon et un soupçon de moustache.

– Tu aurais eu plus de chance avec un homme, peut-être...

– Putain, je ne supporte pas ces remarques sexistes! Ça a le don de me mettre hors de moi!

– Et moi je ne supporte pas que tu utilises des mots grossiers devant moi! À l'extérieur, tu fais ce que tu veux, mais ici c'est chez nous…

Céline haussa les épaules avec un air agacé, se figea dans la contemplation de l'intérieur du réfrigérateur.

– Je ne vois pas ce que ma remarque a de sexiste, comme tu dis…

– Avec un homme, tu aurais eu plus de chance, ânonna Céline d'une voix ridicule. Tu crois que pour réussir un examen, une femme doit obligatoirement adresser des œillades langoureuses à son professeur? On dirait l'oncle Bernard, qui m'a conseillé de mettre une minijupe le jour où je passerai le permis de conduire… On croit rêver…

– Eh bien, écoute, tu penses ce que tu veux des conseils de ton oncle, mais si je peux t'en donner un…

– Tu as de la chance, je ne t'en demande pas…

– Si je peux te donner un conseil, répéta la mère de Céline, imperturbable, sans aller jusqu'à la minijupe, rien ne t'empêcherait de t'habiller de manière plus féminine.

– Plus féminine?

– Eh bien, de choisir des couleurs gaies, de

mettre en valeur tes yeux, ton visage. Tu sais que tu as un très beau profil. Toute petite déjà, et même avant ta naissance...

Céline ouvrit des yeux ronds. Indifférente aux sarcasmes, sa mère semblait perdue dans ses pensées.

– Lorsqu'on t'a passée à l'échographie, au sixième ou au septième mois, je ne me souviens pas, le gynécologue a dit: «Elle a un profil ravissant, les garçons vont tomber dans la rue comme des mouches...»

Céline sortit la langue comme un poisson mort, leva les yeux au ciel. Sa mère poursuivait, imperturbable:

– Et quand tu avais cinq ans et que je te racontais ça, tu me disais toujours: «Et pourquoi les mouches ça tomberait dans la rue?... »

– C'est fini, là, le quart d'heure souvenirs, souvenirs?

Maman soupira:

– Tu fais exprès d'être comme ça pour nous vexer, ma chérie? Mais ça ne sert à rien, tu sais? C'est à toi que tu fais du mal.

– Du mal?

– Oui. En t'habillant comme tu le fais, sans aucune couleur, tout en noir. Avec tes cheveux à peine peignés.

– Le noir est une couleur, dit Céline.

Maman s'apprêta à répondre, renonça.

– C'était quoi le sujet ? Tu peux au moins me dire ça...

– Ça n'avait aucun intérêt...

– Tu avais fait une impasse ? lâcha Maman, portant la main à sa bouche puis se ravisant pour éviter une nouvelle remarque de sa fille.

– Non, j'avais pas fait d'impasse. Mais je lui ai dit que c'était un sujet sans intérêt, que je n'avais pas envie de passer une demi-heure à baratiner des poncifs là-dessus.

– Tu as dit ça, à ton examinatrice... Le jour du bac blanc !

– Le jour du bac ou pas le jour du bac, un sujet à la con, c'est un sujet à la con.

– Tu lui as dit ça ? Tu lui as dit qu'elle avait choisi un sujet à la con ?

– Elle ne l'a pas choisi ! C'était encore pire. Elle me l'a fait tirer au sort dans son chapeau, une espèce de bonnet en feutrine digne de la reine d'Angleterre. C'était plein de vieille peluche au fond, et sans doute de pellicules rances. Rien que d'y penser, ça me fout la gerbe.

– Et tu lui as dit que c'était un sujet sans intérêt...

– Non, je lui ai dit que c'était un sujet qui me faisait chier. Un sujet qu'il était grotesque de glisser au fond de son chapeau. Et que je ne me sentais pas le droit de le traiter en une demi-heure devant quelqu'un que je ne connaissais ni d'Ève ni d'Adam.

– Mais c'était quoi, enfin ?

– Le suicide. Commentez cette phrase d'Albert Camus : « Personne n'est jamais convaincu de vos raisons, de votre sincérité, de l'intensité de votre souffrance, sauf par votre mort. Tant que vous êtes en vie, votre cas est jugé douteux, accueilli avec scepticisme… » Je cite de mémoire…

Céline avait refermé la porte du réfrigérateur, s'était assise à la table de la cuisine devant un pot de crème fraîche entamée dans lequel elle plongea les doigts. Maman resta immobile, silencieuse.

– Je n'avais pas trop envie de discuter motivations et analyse philosophique avec cette vieille bique. Je lui ai dit que, pour l'instant, je ne me sentais pas même le droit d'émettre des hypothèses à ce sujet.

– Et alors ?

– Elle a trouvé que c'était un début intéressant, m'a demandé de clarifier mon propos, en citant Camus à nouveau. Un truc à propos du suicide comme question fondamentale de toute vie…

– Et alors ?

– Je lui ai dit que j'y réfléchirai. Et que si je trouvais quelque chose de sensé à dire sur ce sujet, je repasserais la voir à la session prochaine…

– Tu as dit ça ! Mais tu es… Mais enfin tu te rends compte ! Que va dire ton père ?

– La même chose que d'habitude, il va gueuler.

– Ne parle pas de ton père comme ça ! S'il crie sur toi, c'est parce que tu prends un malin plaisir à l'humilier…

– Moi ?

– Oui, toi ! Tu sais tout mieux que tout le monde. Tu sais mieux que ton père, qui n'est qu'un petit fonctionnaire. Tu sais tout mieux que ta mère, qui n'est qu'une bonniche au foyer. Tu sais tout mieux même que tes profs maintenant !

– Je ne sais rien du tout, Maman. Rien du tout. La seule différence, c'est que je n'ai pas encore renoncé à chercher.

– Mais qu'est-ce qu'on va faire de toi…

– Plus tard, je ne sais pas. Mais pour l'instant, le mois prochain, comme tous les mois de juillet, je descends dans le Sud.

– Quoi ?

– C'était prévu de longue date, comme chaque année.

– Mais enfin tu n'y songes pas. Tu veux me rendre folle ! Ta tante n'est pas en état…

– Je lui ai téléphoné avant de rentrer, d'une cabine. Elle m'a dit que ça leur fera très plaisir de m'avoir…

– Mais enfin c'est morbide ! Et puis tu n'as jamais aimé le Sud. Chaque année, c'était la croix et la bannière pour t'y envoyer…

– Je n'ai pas changé d'avis. Je trouve toujours que c'est pourrave. Mais j'ai décidé de descendre, pour essayer de comprendre.

– Mais il n'y a rien à comprendre !

– Qu'est-ce que tu en sais, Maman ?

– Il n'y a rien à comprendre, je te dis. Julien était dépressif. Il s'est suicidé.

– Peut-être.

– Peut-être quoi ?

– Peut-être qu'il était dépressif. Peut-être qu'il avait de bonnes raisons de se suicider. J'en sais rien. Vous non plus, d'ailleurs, vous n'en savez rien. Mais on ne peut pas me demander toute l'année d'utiliser ma cervelle, d'ingurgiter du français, des maths, de la philo, des trucs complètement abstraits, pour ensuite m'empêcher d'essayer de comprendre…

– Mais qu'est-ce que tu vas faire là-bas ? Est-ce que tu te rends compte du mal que tu risques de faire à Sylviane et Bernard ? Tu ne respectes même pas leur souffrance…

– Qu'est-ce qui te dit que ça ne sera pas un soulagement pour eux que je vienne ? Depuis Pâques, c'est tout juste si tu les as appelés une ou deux fois au téléphone pour ne rien dire.

– C'est parce que je ne sais pas comment faire, que c'est très délicat...

– Sûrement. Je n'en doute pas. Mais j'ai décidé de comprendre, si jamais il y a quelque chose à comprendre.

– Mais qu'est-ce que tu veux comprendre ? La police est passée, et les journalistes, et même un psychiatre... Tu ne crois pas qu'ils ont besoin d'être en paix maintenant ! Tu ne crois pas qu'il faut les laisser cicatriser doucement, sans remuer le couteau dans la plaie.

– S'il m'était arrivé la même chose, Maman, combien de temps il t'aurait fallu pour cicatriser ?

– Qu'est-ce que tu veux dire, ma chérie ? Ne parle pas comme ça, tu me terrifies...

– Je ne veux pas te faire peur, Maman. Je te dis simplement que tes histoires de cicatrice, c'est juste une façon de te donner bonne conscience. Tant que nous resterons avec cette incertitude, personne ne pourra plus fonctionner correctement dans cette famille. Ni eux, ni nous.

– Mais ma chérie. Ce n'est pas à toi de faire ces choses-là. C'est aux médecins, et à la police...

– Jusqu'à présent, à en croire les articles débiles que j'ai vus dans la presse, on ne peut pas dire qu'ils aient été très efficaces…

– Et tu crois que tu peux faire mieux, à dix-sept ans ?

Céline ne répondit pas, reposa simplement sa tête en arrière contre le ventre de sa mère comme celle-ci venait se placer derrière elle.

– Je ne peux pas t'en empêcher, ma fille. Surtout si tu as déjà appelé Sylviane. Je sais que tu aimais beaucoup ton cousin… Mais ce n'est pas comme quand vous étiez enfants… Ce n'est pas le Club des cinq…

– Je te remercie, Maman. J'avais remarqué.

Tout d'abord, malgré l'heure tardive, Céline avait cru à une manifestation. Débouchant de la rue Linné sur le boulevard, elle s'était retrouvée au sein d'une véritable marée humaine massée sur le trottoir, débordant dans la rue. Jussieu était à deux pas, et elle songea qu'il pouvait s'agir d'un rassemblement de protestation contre les menaces de fermeture de l'université. Mais rapidement, elle comprit qu'il n'en était rien. La foule ne scandait aucun slogan, ne brandissait aucune pancarte. Elle s'approcha, restant sur le trottoir d'en face, et dévisagea les participants. Des jeunes de son âge ou à peine plus vieux. Presque aucune fille. Certains, habillés de l'uniforme de la banlieue, chaussures de sport de marque aux pieds, chemise de bûcheron, casquette de base-ball vissée sur la tête. D'autres, étudiants sévères style Saint-Cyr-l'école, petit attaché-case en veau véritable à la main. Elle discerna même, au sein du groupe, quelques goths habillés de noir, et une fille superbe, diaphane, dont le maquillage rouge et noir autour des yeux accentuait la ressemblance avec l'imagerie traditionnelle des vampires.

Céline regarda sa montre. Il était minuit moins vingt-cinq. Elle savait pouvoir attraper un RER à la station Châtelet-les-Halles jusqu'à une heure du matin. Mue par la curiosité, elle se dirigea vers la terrasse d'un café voisin, ouvert malgré l'heure tardive. Une fois assise, elle prit conscience que les consommateurs attablés autour d'elle n'étaient pas des touristes, des badauds de passage, mais faisaient partie de l'attroupement sur le trottoir d'en face. Elle commanda une Adelscott, moins par goût que par crainte de se faire chambrer en demandant un diabolo grenadine, sa boisson favorite. La bière arriva, qu'elle se servit négligemment tout en jetant un œil sur les tables d'à côté. Sur plusieurs d'entre elles, de gros classeurs identiques s'empilaient. Certains, ouverts, dévoilaient leurs trésors, qui semblaient faire l'objet de marchandages serrés. Un instant, elle pensa être tombée sur un congrès d'apprentis *traders*.

– Non mais tu rigoles, c'est une combinaison super-rare. Tu n'imagines pas que je vais te l'échanger contre ton malheureux Sort de décapitation !

– Je te signale que c'est une édition originale, à bords blancs…

– Moi je te la prends contre six *boosters* neufs.

– Des *boosters* de *Vestiges* ?

– Ben… évidemment…

– Mais comment tu vas faire ? Il n'y aura que quatre boosters par personne.

– T'inquiète. J'ai un tuyau, je connais un des vendeurs.

Un de ses voisins se leva, et Céline put enfin voir ce que contenaient les classeurs. Des dizaines de cartes à jouer, aux graphismes alambiqués. Une transaction s'opérait à la table. L'un des garçons, un grand maigre à lunettes en pleine crise d'acné juvénile, sortit deux cartes de son classeur, les tendit à un homme d'une trentaine d'années en veste de cuir, coiffé d'un bandana. L'homme leva les cartes au-dessus de ses yeux, les inspecta longuement avant de les glisser dans des pochettes de protection individuelles en plastique et de les faire disparaître dans sa poche. Il en sortit une liasse de billets de deux cents francs, en tendit deux au garçon.

De l'autre côté de la rue, un soupir collectif de soulagement retentit, et comme une vitrine de magasin s'illuminait, les consommateurs se levèrent en masse et traversèrent la rue pour regagner leur place dans la queue, au milieu d'un tumulte bon enfant.

– Monsieur, monsieur... cria le barman, rattrapant par la manche un resquilleur.

Le garçon paya sa consommation et, sans attendre la monnaie, traversa la rue pour se perdre dans le groupe.

– Mademoiselle, si vous désirez régler votre consommation ?

– Certainement, je vous dois combien ?

– Dix-huit francs. Mais je ne veux pas vous presser...

Céline lui donna un billet de vingt francs, demanda :

– Vous pouvez m'expliquer ce qui se passe ?

– Vous n'en faites pas partie ?

– De quoi ?

– Vous n'êtes pas au courant ? C'est demain la sortie mondiale de la nouvelle série. Alors L'Œuf Cube a décidé d'ouvrir à minuit pour être le premier à distribuer des recharges et des paquets de base aux fans.

– Attendez ! Plus vous me parlez, plus j'ai l'impression d'être tombée sur une autre planète. C'est quoi cette histoire de sortie mondiale ?

– Mais, c'est *Magic* !

– C'est magique ?

Le barman s'assit à la table de Céline :

– Je vois que vous n'êtes pas d'ici… Je vous explique.

– Encore cinq minutes, cria quelqu'un de l'autre côté de la rue.

Des rires fusèrent, puis des insultes joviales.

– L'Œuf Cube est une boutique de jeux de rôle, qui existe depuis… au moins vingt ans. Ils vendent des jeux de cartes à collectionner maintenant, et c'est une véritable folie dans le quartier. Toute la journée, tous les jours, ils sont bien une vingtaine devant la boutique, à négocier à même le trottoir, à s'échanger des cartes. Si j'ai bien compris, dans chaque série, il y a des cartes usuelles, des cartes « *uncommon* », ça veut dire peu communes en anglais, et des cartes rares. Il y en a une, le Lotus noir, je crois, qui vaut deux mille francs, paraît-il.

– Mais ça sert à quoi ?

– À jouer. Mais beaucoup ne jouent pas, j'ai

l'impression. C'est surtout les collectionneurs qui font monter la pression. Ils veulent tous acheter un paquet supplémentaire dans l'espoir de dénicher la perle rare.

– Ils achètent des paquets entiers pour une carte ?

– Ah, c'est sûr que les types qui ont inventé ça, c'est pas des enfants de chœur ! Évidemment, c'est américain… Ils achètent des paquets de base, des *starters*, et après soit d'autres *starters*, soit des recharges, qui s'appellent *boosters*. Tout leur fric passe là-dedans. J'en vois même hésiter à s'acheter un Coca…

– Et ça dure depuis quand ? Je n'en ai jamais entendu parler…

– Depuis quatre ou cinq ans. Et chaque fois que l'intérêt faiblit, crac, c'est réglé comme du papier à musique, une nouvelle série sort, avec de nouvelles cartes…

La porte du magasin venait de s'ouvrir. Les premiers arrivés pénétrèrent dans la boutique, en ressortirent quelques minutes plus tard.

– Excusez-moi, il faut que je vous laisse, ils vont revenir, dit le barman en se levant.

Effectivement, tenant haut leurs paquets de cartes comme un trophée, cinq garçons se précipitaient vers le café.

– Cinq *boosters* par personne maximum, cria l'un d'eux. Pour que tout le monde soit servi.

Un grondement monta de la foule, quelques invectives, et déjà le deuxième groupe entrait dans la boutique. Une Renault 21 démarra, se fraya un chemin. Céline vit le conducteur, un père de famille d'une cinquantaine d'années, entouré de gamins rigolards qui déchiquetaient leurs pochettes de recharges et les jetaient dans la rue. Un skin d'une vingtaine d'années se pencha, en ramassa deux sur la chaussée et les glissa soigneusement dans sa poche.

Céline avala quelques gorgées de sa bière pour se donner une contenance. Elle regarda s'asseoir les cinq garçons, observa la manière grave, presque religieuse, dont l'un d'entre eux examinait son paquet, qu'il ouvrit avec soin après avoir essuyé ses mains sur son pantalon. Il était blond, mince, avec des lunettes à monture d'acier. Il avait l'âge de Julien.

– Ah putain, tu as vu les nouveaux dessins !

– C'est grand. C'est trop grand. Vise un peu l'elfe des bois.

– Elle est nickel. Tu as vu ses seins ? Elle fait au moins du 95 C…

– Tu es vraiment con…

– Et le Sort de démembrement ! Génial…

Céline se sentit mal à l'aise. Elle tenta de détourner son regard, de crainte d'être repérée, mais ses voisins étaient perdus dans le rituel de la découverte de leurs paquets de cartes. Elle n'avait jamais vu cette expression ailleurs qu'autour d'un sapin, et seulement sur le visage de tout petits enfants. C'était comme un Noël en juillet, mais un Noël aux relents lugubres. Elle se leva sans finir sa consommation, marcha droit devant elle, dépassant la bouche de métro, mettant le plus de distance possible entre eux et elle.

Le quartier alentour était désert. Elle se retourna. Ils étaient toujours là-bas, grouillant sur le trottoir et dans la rue.

– Pauvres cons, lâcha-t-elle entre ses dents, sans trop savoir à qui elle s'adressait. Mais l'insulte lui fit du bien.

Quelques années de plus, et Julien serait venu l'accueillir à la gare. C'est ce que tante Sylviane n'arrêtait pas de répéter depuis des années :

– Dès que Julien aura son permis, tu n'auras plus à endurer ce long voyage en car…

Mais Julien ne passerait jamais son permis, et une fois encore, en ce début du mois de juillet, Céline devrait affronter la lente pérégrination de l'autocar poussiéreux qui reliait tous les villages des environs avant d'atteindre finalement, en fin d'après-midi, la grand-place de Sollières.

Partie de Paris vers 11 heures du matin, elle avait atteint Avignon à 15 heures. Le temps d'acheter une bouteille d'eau minérale fraîche à la buvette, Céline était montée dans le car comme on monte à l'échafaud. À l'intérieur, les sièges encore vacants à l'arrière étaient portés à ébullition. Elle s'assit sans y prendre garde, se releva en étouffant un cri de douleur. Une bande d'adolescents du coin, visiblement rompus à l'exercice, s'esclaffèrent bruyamment. Elle les ignora, se rassit sur le bord du siège en les vouant silencieusement à une rupture d'anévrisme. C'était une de ses imprécations favorites, depuis qu'elle avait lu, par hasard, un article sur le sujet dans une revue médicale oubliée dans la salle d'attente de sa gynécologue. C'était aussi une mort rapide, nette, sans signes précurseurs, qui n'avait cessé de l'intriguer depuis qu'elle en avait eu connaissance. Un instant, le mort en puissance vaquait à ses occupations, se promenait, disait bonjour à la dame... L'instant d'après, la déficience congénitale d'une minuscule artère perdue dans les méandres de son cerveau arrivait à son terme, se fissurait... Et paf, le trou noir, le néant, l'extinction des feux. Elle avait lu, et elle savait maintenant, que cela pouvait arriver à n'importe qui, n'importe quand, mais au lieu de l'angoisser, cette certitude l'avait rendue plus libre. La mort avait cessé de l'inquiéter, était devenue une éventualité banale, qu'elle considérait chaque jour de manière dépassionnée. Au lycée, confrontée à un camarade particulièrement désagréable, il lui arrivait de songer qu'il ne servait à rien de se mettre en colère, de répondre aux récriminations, aux invectives, quand d'une seconde à l'autre un anévrisme passé inaperçu pouvait se rompre dans son cerveau et l'arracher à cette vallée de larmes.

Dans le même ordre d'idée, elle avait été fascinée par la réponse qu'avait donnée un de ses acteurs favoris, William Hurt, à un journaliste américain. À la question branchée: «Comment voudriez-vous mourir?» Hurt avait répondu, comme si cela allait de soi: «Par turbine.» Il avait fallu que l'interviewer insiste pour que l'acteur précise: «Vaporisé dans l'éther.» La réponse, laconique, le ton, formidablement cool, sur lequel elle avait été donnée, avaient fait de Céline une fan inconditionnelle de l'acteur. La plupart de ses camarades de lycée ignoraient qui était William Hurt, tapissaient les murs de leur tanière de posters de Leonardo DiCaprio et de Johnny Depp. L'une d'entre elles, visitant la chambre de Céline pour la première fois, avait scellé son destin en s'esclaffant bruyamment devant une photographie de l'acteur tirée de *Body Heat*, un polar des années 80: «Mais c'est un croulant! Il pourrait être ton père!»

Être vaporisé dans l'éther. Quel effet cela faisait-il? Avait-on le temps de souffrir? Probablement pas.

Un instant, l'image qu'elle repoussait depuis des mois, l'image qui s'imposait à elle dans ses cauchemars, faillit franchir la digue. Elle enfonça sa nuque dans l'appuie-tête de skaï, poisseux et brûlant, jusqu'à ce que la douleur emporte toute pensée.

Céline s'éveilla, bercée par le ronronnement du moteur. Elle écarquilla les yeux, releva la tête. Sa joue, collée à la vitre, laissa un petit filet de salive sur le carreau. À l'arrêt, l'odeur du diesel était entêtante. Elle mit un moment à reconnaître l'endroit, un abribus perdu dans la garrigue au croisement de deux routes qui semblaient ne mener nulle part. L'air ondoyait au-dessus de l'asphalte sous l'effet de la chaleur, achevant de brouiller les distances, de rendre le panorama qui l'entourait encore plus étrange. Le car s'était arrêté en plein milieu de nulle part. Des vignes grillées par le soleil s'étendaient à perte de vue, jusqu'au sommet des ravines qui coupaient l'horizon. Tout semblait mort alentour, voué au tarissement. La portière avant était ouverte. Le car était vide, à l'exception de deux vieilles femmes ratatinées sur leur siège à l'avant, et d'un bidasse endormi en travers de la banquette du fond. Céline se redressa, se leva à demi. À l'ombre du car, le chauffeur urinait contre le montant de verre de l'abribus, décrivant consciencieusement des cercles avec son jet.

Céline détourna les yeux, révulsée. Sur le siège de devant, elle ramassa un journal local daté de la veille, le déplia. Elle jeta un œil à la une qui lui arracha un rictus de dérision. L'échec des négociations au Proche-Orient, la déclaration de politique générale du Premier ministre, étaient annoncés en quelques lignes, avec report en pages intérieures, tandis que l'actualité du Tour de France et un reportage sur une rixe à la sortie d'une discothèque locale se partageaient tout le reste de la page.

– Quels ringards !... murmura-t-elle pour elle-même.

Elle feuilleta le journal distraitement. C'était l'habituel défilé de chiens écrasés, de sorties de route en fin de soirée, de BTS décrochés haut la main, de trucs et astuces pour éviter d'accrocher le fond des casseroles. Les nouvelles du monde étaient reléguées en dernière page, comme un écho lointain, confus, d'une réalité trop complexe pour pénétrer le quotidien des habitants du cru. Son regard glissa sur des photographies anodines : remises des prix, anniversaire d'une centenaire à la maison de retraite de Sullestan, départ en retraite d'un garde champêtre… Un encadré en lettres grasses attira son attention. Intitulé : LE SIDA NOUS CONCERNE TOUS, il annonçait une conférence-débat sur la prévention, à l'initiative de la mairie de Sollières, en présence d'un professeur de l'Académie de médecine apparemment venu spécialement de Paris pour l'occasion. Céline lut et relut l'article, surprise et impressionnée malgré elle par cette initiative. Jamais elle n'aurait imaginé qu'un bled aussi rétrograde pourrait se mobiliser pour une cause comme le sida. Elle lut que la conférence avait lieu le surlendemain, et se promit d'y assister. Elle essaierait même d'y amener tante Sylviane et son mari… Elle hésita, soudain frappée par l'incongruité de la situation. Sylviane et Bernard avaient perdu leur fils unique. Que leur importait aujourd'hui la protection de la jeunesse contre le sida ? Ne pouvait-on pas concevoir que parfois, au fond d'eux-mêmes, ils en viennent à souhaiter que d'autres parents soient frappés par la même souffrance qui les avait affligés ? Céline se rendit compte brusquement qu'elle approchait du but de son voyage, mais qu'elle n'avait toujours pas la moindre idée de la manière dont elle allait s'y prendre pour comprendre ce qui était arrivé à Julien.

– Tu as fait bon voyage ? Malgré la chaleur ?

Tante Sylviane virevoltait dans la cuisine, ouvrant les placards, les refermant. En une minute, elle avait disposé sur la table de bois un goûter digne d'un hôtel de luxe : thé, gâteaux, beurrier, confitures diverses. Céline mourait d'envie d'un verre de Coca, mais ne dit rien. À son arrivée, après avoir monté, son sac au dos, la colline qui menait jusqu'à la maison, elle avait trouvé Sylviane affairée dans le jardin, taillant ses rosiers. Sa tante l'avait embrassée, l'avait accueillie joyeusement, dissipant le malaise de Céline. Finalement, ce ne serait peut-être pas si difficile…

– J'ai fait bon voyage. À peu près. C'est toujours aussi long…

– Ah, tu sais, ici, on est sur une autre planète, dit Sylviane en riant.

Tante Sylviane avait vécu en région parisienne jusqu'à l'âge de vingt-quatre ans. Là, elle avait rencontré Bernard, qui travaillait pour une agence de presse. Après quelques mois de vie commune, elle l'avait suivi lorsqu'il avait créé sa propre boîte dans le Sud, dont il était originaire. L'affaire avait capoté, mais ils étaient restés. Oncle Bernard avait ouvert un magasin de travaux photographiques sur les hauts de Sollières, puis un second en centre ville, avec succès. Sylviane, qui ressemblait beaucoup, dans la pénombre de la cuisine aux volets mi-clos, à Maman, avait pris au fil des ans l'accent du coin, sans jamais se départir d'une certaine dérision vis-à-vis des us et coutumes locaux, dérision qui la rendait chère au cœur de Céline. Bernard, lui, avait changé, s'était adapté à son entourage. L'ex-étudiant des Beaux-Arts, l'ex-délégué syndical, avait adopté le machisme ambiant, reléguant sa femme aux tâches ménagères, passant de plus en plus de temps au café de la place, à ricaner aux blagues racistes de représentants de commerce de passage. Julien ne s'en offusquait pas. Il adulait son père, et ne s'intéressait pas à la politique. Comme la plupart de ses copains, il vivait cloîtré entre le lycée et ses lectures adolescentes : science-fiction, jeux de rôle, que Céline tenait en dérision.

– Tu veux peut-être te débarbouiller ? demanda Sylviane.

Céline acquiesça, et se laissa conduire dans la chambre d'amis par sa tante.

– Tu connais le chemin… dit simplement celle-ci avant de s'éclipser.

Céline posa son sac sur le lit trop mou, dans lequel elle avait passé une partie de chacun de ses étés depuis cinq ans. Elle prit sa trousse de toilette, se dirigea vers la porte de communication, pianota doucement avec ses phalanges, par habitude, et pénétra dans la chambre de Julien.

Dans la plupart des romans ou des films qui traitent d'une mort violente, surtout de la mort violente d'un enfant, la chambre de la victime est maintenue par les parents en l'état, accumulant simplement la poussière des années sans qu'aucun objet n'en soit prélevé. Cette présomption avait constitué le principal espoir, et la première crainte de Céline. Espoir, car elle comptait bien trouver dans la chambre même de Julien les premiers indices qui la mèneraient vers un début de piste. Crainte, car elle appréhendait une éventuelle réticence de Sylviane et Bernard à la laisser y pénétrer. Elle n'avait plus songé que l'accès à la salle de douches se faisait obligatoirement par la chambre de son cousin.

Elle poussa la porte, réprimant difficilement son excitation…

Le lit était défait. Sur le matelas nu était posé le couvre-lit replié. Certains tiroirs du bureau avaient disparu, de même que la plupart des livres trônant l'an dernier encore sur les étagères. Quelques maquettes en plastique poussiéreuses, quelques cartes postales antédiluviennes, apparaissaient bien encore ici ou là, mais l'essentiel de ce qui faisait l'âme de la pièce, l'essentiel de ce qui avait toujours constitué aux yeux de Céline l'insondable bordel masculin de son cousin, avait disparu.

En avril dernier, se souvint-elle, lorsqu'elle était descendue avec ses parents pour l'enterrement, la chambre était encore en l'état. Qui s'était débarrassé de tous les signes de l'existence de Julien ? Ses parents ? C'était incohérent. La police ? L'enquête, elle l'avait su en lisant les journaux, avait conclu sans équivoque à un suicide. Qu'aurait pu continuer à rechercher la police dans les affaires personnelles de Julien ? Elle se sentait flouée, et soudain horriblement triste, comme si l'énormité de la tâche qu'elle s'était imaginé mener à bien lui apparaissait seulement maintenant. Plus profondément, elle admit qu'elle avait espéré pouvoir plonger dans les affaires de Julien pour mieux le faire revivre. Mais la bibliothèque avait été vidée, les tiroirs du bureau, elle le découvrit en les faisant coulisser silencieusement, ne contenaient plus que quelques emballages de chewing-gums et quelques menues pièces de monnaie étrangère coincées dans les rainures du bois. Il n'y avait pas de photos, pas de lettres, pas de journal intime, rien qui puisse atténuer un peu le sentiment d'incompréhension qui la taraudait depuis le moment où, rentrant du lycée le dernier jour avant les vacances de Pâques, la tête pleine de projets, elle avait entendu sonner le téléphone dans l'appartement de ses parents. Elle avait gravi les dernières marches en courant, avait glissé sa clef dans la serrure, s'était délestée de son sac à la volée avant de saisir le téléphone.

– Allô… avait-elle lancé, essoufflée, agacée malgré elle.

Son ton signifiait clairement que l'interlocuteur avait intérêt à appeler pour une bonne raison. La Sofres ou les cuisines Duschmoll avaient mal choisi leur moment. Mais ce n'était pas un institut de sondage, ni un télévendeur cherchant maladroitement à placer une superbe rôtissoire avec son plan de travail assorti.

C'était tante Sylviane, dont la voix semblait empâtée, à la limite de l'audible, comme si elle sortait d'une anesthésie chez le dentiste. Elle était rentrée de ses courses au supermarché local deux heures plus tôt, et avait trouvé un mot laconique dans la cuisine. «*Je suis au grenier. Ne monte pas, je vais pousser une caisse sur la trappe. Ce n'est pas la peine d'appeler une ambulance. Je te demande pardon. Julien.* »

Elle s'était précipitée au premier étage, avait tiré l'échelle métallique rétractable et s'était esquintée l'épaule contre la trappe avant de redescendre appeler les pompiers. Lorsqu'ils étaient arrivés, elle errait dans la rue, sonnant aux portes des voisins pour leur emprunter une hache. Son généraliste, le Dr Fayet, avait quitté sa consultation pour venir lui administrer un tranquillisant, et avait constaté le décès. Il avait refusé qu'elle voie son fils, c'est ce qu'elle avait répété à Céline plusieurs fois au téléphone, d'une voix de petite fille revêche. Bernard n'avait pu être joint que tard dans la soirée, au retour d'une inauguration de centre culturel à Sollières. Il avait débranché son téléphone portable pendant la cérémonie pour ne pas déranger, et n'arriva qu'au moment où repartaient les gendarmes.

Peut-être étaient-ce eux qui avaient ainsi dévasté la chambre de Julien… qui avaient emporté livres, magazines, photographies… Les rares articles que Céline s'était efforcée de lire à l'époque faisaient mention de sectes, de rites étranges, de jeux de rôle médiévaux confondant le rêve et la réalité. À en croire les journalistes, qui citaient de nombreux précédents, Julien avait basculé dans un autre monde, un monde de sorcières, de fantômes et de puissances maléfiques, dans lequel il avait perdu pied. Effectivement, les quelques citations apparemment tirées des ouvrages trouvés sur les rayonnages de Julien pouvaient faire craindre une telle dérive. Il y était question d'alignement mauvais, de rites sacrificiels, de meurtres d'enfants et de cannibalisme. Autant d'horreurs que Céline n'arrivait pas à concilier avec ce qu'elle connaissait de son cousin. Mais que connaissait-elle de lui, vraiment ? Connaissait-elle le garçon qui avait attendu le départ de sa mère au supermarché pour rédiger une dernière missive, la poser bien en vue sur la table de la cuisine, avant de monter au grenier, de rétracter l'échelle et de pousser une malle sur la trappe du grenier ?

De la cuisine, elle entendit des bruits de vaisselle, et coupa court à ses réflexions. Elle pénétra dans la salle de douches, fit couler de l'eau. Le robinet crachota, émit un filet brunâtre avant de se remettre à fonctionner correctement. Elle se mouilla le visage et les mains, s'essuya avec la serviette de toilette qu'avait préparée tante Sylviane à son intention. L'eau s'écoula lentement, très lentement dans le lavabo, et elle se dit que toute la plomberie de la salle d'eau était à refaire, depuis des années, mais que Bernard avait toujours repoussé la mise en œuvre des travaux. Céline reposait la serviette quand elle aperçut, du coin de l'œil, des papiers roulés en boule dans la poubelle en plastique. Elle s'agenouilla, les déplia. Il y avait là deux lettres adressées à son cousin. Deux enveloppes de même provenance, comportant chacune la même faute d'orthographe dans le prénom de son cousin: Jullien, avec deux l. Elle vérifia le cachet de la poste: l'une des lettres avait été adressée en mai, l'autre début juillet. C'étaient des documents publicitaires, et elle ressentit un sentiment de frustration à la hauteur de son espérance fugace. Puis, dépliant l'un des prospectus, elle lut:

« *Suite à la décision du conseil municipal de ne pas renouveler la location de la salle de l'annexe de la mairie, la Compagnie de Mordor recherche un nouveau local pour ses week-ends d'initiation au jeu de rôle. Parlez-en autour de vous, impliquez vos amis, pour que la Compagnie de Mordor puisse survivre malgré le qu'en-dira-t-on et les amalgames débiles ! Longue vie aux possesseurs de l'Anneau !* » Suivait une liste de produits, aux noms anglais, avec leurs prix, apparemment des jeux de rôle vendus en importation. Sur le verso du prospectus, les conditions d'abonnement à la Compagnie de Mordor, avec remise de 10%

sur les achats, étaient énoncées au-dessus d'un bon de commande.

Le second prospectus, datant de quelques jours à peine, début juillet, était illustré par une mauvaise photocopie d'un dessin montrant un guerrier vêtu tout de noir, poignardé dans le dos par ce qui semblait être un nain imberbe. « *Malgré le soutien de sa clientèle, la Compagnie de Mordor, victime du harcèlement de la municipalité et de Mme le maire, nouvellement promue adjointe à la Culture française (!!!), ferme ses portes. L'ensemble du stock du magasin sera bradé à 50 % de son prix de vente habituel (déjà l'un des plus bas en France), du 10 au 20 juillet. Après quoi la bonne ville de Sollières retournera à sa torpeur, aux rediffusions estivales de* Derrick *et de* La Petite Maison dans la prairie *! À bon entendeur, salut !* »

Suivait l'adresse du magasin, ses horaires d'ouverture. Céline empocha le prospectus.

– Alors, ce bac, tu ne m'as pas raconté ?

– Je l'ai eu. Je l'ai eu juste, juste, à l'oral, mais je l'ai eu…

– Ta mère doit être fière de toi… Comment va-t-elle ?

– Bien, bien, elle va bien. Je crois…

Bernard sourit, tourna la tête vers sa nièce :

– Comment ça, tu crois ?
– Ben, on ne se parle pas beaucoup…
– Oui, c'est dommage, soupira-t-il, mais c'est comme ça. On a souvent l'impression de connaître par cœur les membres de sa famille, et on ne prend pas le temps de se mettre à leur écoute…

Bernard avait reporté son attention sur la route. Céline gardait le regard rivé sur le ballet des essuie-glaces. Il ne pleuvait pas, il n'avait pas plu depuis deux mois, au dire de tante Sylviane, mais une fine couche de sable rouge tombée du ciel avait contraint Bernard à arroser le pare-brise. Sur la peau de son avant-bras, Céline sentit tomber de fines goutelettes d'eau savonneuse. Elle ne bougea pas. Son cœur battait la chamade.

– On est bientôt arrivés, continua Bernard. Et c'est tant mieux, le supermarché ferme à 19 h 15, même pendant les vacances des touristes.

Bernard était à peine revenu de l'atelier de photographie que tante Sylviane l'avait renvoyé chercher de l'huile et de la farine au supermarché. Céline lui avait emboîté le pas, sans savoir comment entamer la conversation au-delà des platitudes d'usage. Pourtant, elle sentait qu'il serait plus facile de parler de Julien avec son oncle qu'avec tante Sylviane, qui, de tout l'après-midi, n'avait pas prononcé le prénom de son fils.

Dans les allées du centre commercial, ils se séparèrent, Bernard se dirigeant vers les rayons alimentation pendant que Céline bifurquait vers le rayon librairie. Un regard rapide lui révéla qu'elle n'avait rien à en attendre : seuls les best-sellers de l'été, sempiternelles histoires de sous-marins nucléaires endommagés dans la Baltique ou d'adultères provinciaux dopés au Viagra, avaient droit de cité sur les étagères. Elle continua jusqu'au rayon cosmétiques, attrapa au passage un flacon de shampooing, un tube de dentifrice et une nouvelle brosse à dents, puis, plus loin sur le rayonnage, des tampons hygiéniques. Elle fila vers les caisses comme une voix féminine annonçait la prochaine fermeture du magasin, et se posta dans la file « Moins de cinq articles ». La caissière discutait le bout de gras avec une cliente, il était question de la nouvelle coiffure d'une superstar de sitcom sur la couverture du magazine de programmes télévisés de la chaîne de supermarchés : la caissière préférait avec les pattes, la cliente sans. Céline leur aurait bien révélé que l'homme était gay, histoire de savourer leur incrédulité, mais ça n'aurait probablement pas accéléré le mouvement.

– Combien t'as de trucs ? Moi j'en ai que deux, dit soudain Bernard à son oreille.

– Moi aussi, deux, trois trucs, répondit Céline, faisant de la place sur le tapis roulant automatique tout en essayant de masquer sa boîte de tampons hygiéniques.

Mais comme par un fait exprès, la mise en route du tapis roulant envoya valser le flacon de shampooing, révélant la petite boîte bleutée marquée MAXI PLUS en discrètes lettres capitales rouge sang. Bernard posa huile et farine sur le tapis, il y eut un moment de silence gêné. Leurs regards se croisèrent, ils ouvrirent simultanément la bouche pour parler, se turent, puis éclatèrent d'un rire nerveux. Pendant un moment, tout sembla comme avant.

– Non, sans rire, comment va ta mère ? reprit Bernard en redémarrant la Kangoo décorée du logo de son magasin de photographie.

– Écoute, elle va…

– Tu sais, nous n'avons plus aucune nouvelle… Avant… avant le décès de Julien, elle appelait au moins une fois par semaine, et là…

– Je crois qu'elle trouve ça très dur. Elle ne sait pas quoi vous dire…

– Tu sais, chérie, on n'est pas difficiles, on vit en province, elle peut nous parler de la pluie et du beau temps, ça nous suffira…

Céline prit une grande inspiration, puis :

– Ben en fait, c'est pas si facile. Moi-même, j'ai souvent voulu appeler et je ne savais pas quoi vous dire. Je trouvais que ça avait l'air futile, mes petites histoires, par rapport à ce qui était arrivé...

Bernard hocha la tête, sans rien répondre.

– Des gens meurent tous les jours. Je sais ça, évidemment, poursuivit Céline sans plus rien maîtriser de son discours.

C'était comme si une digue avait lâché, et la violence du flot la surprenait elle-même.

– Des gens meurent tous les jours, c'est comme si on était une armée de soldats, avançant sans rien voir le long d'une falaise. Et de temps en temps, une bombe explose, une mine éclate, au milieu de cette foule. Ça fait comme un trou, puis les blessés se relèvent, ceux qui sont à côté détournent la tête ou baissent les yeux. Et comme le flot avance toujours, pousse par-derrière, la colonne se remet en marche, en quelques instants le trou est recouvert, il ne reste plus rien de visible. Et peut-être que les survivants se disent simplement : tant mieux, ce n'était pas pour moi, pas cette fois-ci... Mais ça leur enlève forcément quelque chose, et ça rend très difficile même d'en parler... Alors voilà, ce n'est peut-être pas très clair, ce que je dis, mais je crois que vous appeler pour vous donner mes notes de bac, c'était devenu infaisable...

– Je comprends ce que tu dis, Céline, mais tu oublies une chose. Pour nous aussi, la vie continue. Je me lève le matin pour aller bosser, je tombe en panne de batterie, j'ai des bouts de poulet coincés entre deux molaires qui m'agacent pendant des heures jusqu'à ce que je trouve un cure-dent... Même après ça, notre vie continue, et elle n'est pas soudain illuminée, mise en valeur, que sais-je, par la présence de la mort... Ça, c'est des conneries bonnes pour les romanciers et les scénaristes de téléfilms...

Céline ne releva pas la dernière phrase. Depuis que Sylviane et lui s'étaient installés dans le Sud, Bernard avait tout fait pour se peaufiner une image d'anti-intellectuel. C'était son snobisme à lui, provocateur, sans conséquence, pensait Céline.

– C'est ta mère qui a voulu que tu descendes nous voir, cette année ? demanda Bernard après avoir négocié un des innombrables ronds-points sur la nationale.

– Non, elle n'était pas très pour. Elle pensait que c'était trop tôt, que ce serait difficile pour vous...

– Eh bien ! au contraire, moi je trouve que c'est une excellente idée. D'ailleurs, le soir où ta tante m'a annoncé que tu l'avais appelée, que tu arrivais pour passer quelques semaines avec nous, je crois bien qu'elle a ri de bon cœur, comme ça, sans raison, pour la première fois depuis la mort de Julien. Tu sais, c'est beaucoup plus dur pour elle... Elle est seule à la maison, jour après jour, alors que moi je travaille, je vois des clients, j'ai la tête prise toute la journée, ça m'évite de penser. Elle, sa vie était basée sur les horaires de Julien, ses horaires de lycée, ses horaires sportifs... D'un seul coup, il n'y a plus rien...

Bernard avait frémi, Céline l'avait senti au bord des larmes, et une émotion confuse l'avait saisie, l'envie de se serrer contre lui, de blottir sa tête au creux de l'épaule de son oncle.

– On a été cons, voilà tout. On a été aveugles, et cons, et c'est arrivé.

La voix de Bernard était vibrante de colère, maintenant, et cette brusque métamorphose prit Céline au dépourvu :

– Pourquoi dis-tu ça ? Vous n'êtes pas responsables de ce qui est arrivé... Il n'y avait pas moyen de prévoir...

– Pas moyen de prévoir ! Qu'est-ce que tu racontes ? Si seulement j'avais prêté un peu plus attention aux fréquentations de Julien, à ses sorties ! Les journaux sont pleins d'histoires de ce type, je le sais, j'ai fait des recherches depuis la mort de ton cousin. Tu crois que c'est la première fois qu'un adolescent se suicide à cause des jeux de rôle ? Détrompe-toi, ça arrive très souvent. En France, au moins deux ou trois fois ces dernières années, et en Amérique, d'où nous viennent toutes ces saloperies, on ne compte plus les gamins qui se sont foutus en l'air à cause des jeux de rôle. Sans compter ceux qui disjonctent et se mettent à tirer dans la foule. Même en France, il y en a un qui s'est pris pour son personnage de jeu et qui a poignardé un de ses professeurs, je ne sais pas si tu te rends compte…

– Et tu crois que c'est ça la raison de… son suicide ?

– Évidemment ! Qu'est-ce que tu voudrais que ce soit d'autre ? Tu le connaissais, Julien, aussi bien que moi ! C'était un garçon sain, sportif, équilibré, qui ne s'intéressait pas à la drogue, ni à la politique, ni à toutes ces conneries. Pas forcément le premier de sa classe, mais qu'est-ce que ça change, de nos jours, d'être chômeur diplômé ? Non, c'était un garçon sain, solide, normal, jusqu'à ce qu'il se prenne d'une sorte de passion pour les jeux de rôle et se perde complètement là-dedans.

– Mais tu crois vraiment que c'est si dangereux que ça ? Pourquoi ça n'est pas interdit alors ?

– Mais on n'interdit plus rien ! Bientôt on légalisera l'usage de la drogue à l'école, si c'est bon pour les marchés financiers ! C'est la seule loi qui résiste encore, la loi du marché. Le reste, tout le monde s'en fout. Pourtant, il y en a eu des émissions sur le sujet, à la télévision, des articles, dans les journaux… Mais tout le monde s'en fout, préfère fermer les yeux. Probablement à cause des intérêts en jeu : tous ces jeux de rôle, tous ces jeux sur ordinateur dans lesquels les gamins perdent jusqu'à leur identité, ça nous vient directement d'Amérique. C'est ça qu'ils veulent, et rien d'autre : un monde d'abrutis décérébrés, directement branchés sur leur console de jeu, sans plus aucune connexion au réel. C'est pitoyable, franchement, je ne sais pas où on va si quelqu'un ne redresse pas la barre de ce foutu pays… Quand je pense que j'en ai discuté avec Julien, pas une, pas deux, mais des dizaines de fois. Je ne voulais pas le lui interdire complètement, je pensais que c'était le meilleur moyen de le braquer, et je sais ce que c'est, à votre âge, il suffit que ce soit interdit pour qu'on en ait immédiatement envie… Non, j'ai parlé avec lui, je lui ai expliqué que tous ces jeux, c'était un moyen de fuir le réel, une échappatoire. Mais je ne pouvais pas être sans cesse derrière lui, et quand il me disait qu'il allait chez un de ses potes, je ne pouvais pas aller vérifier ce qu'il faisait. Il avait de la chance, ce n'est pas moi qui l'aurais empêché d'aller tirer... d'aller flirter avec une petite si l'envie lui en avait pris. Au lieu de ça, il s'enfermait pendant des heures avec d'autres adeptes, à lancer des dés dans le noir en se prenant pour des chevaliers noirs ou des magiciens de mes couilles. Et tout ça à cause de l'autre beau salaud, là, Devielle, qui s'était acoquiné avec l'ancienne équipe de la mairie, des socialistes, et avait monté un groupe de jeu à l'intérieur même d'une salle municipale. Évidemment, là-dessus, les journalistes ont étouffé l'affaire, il a dû y avoir des interventions en haut lieu, l'ancien maire avait le bras long, mais ça ne l'a pas empêché de se faire éjecter en mai, tant pis pour sa gueule. Et Devielle, sa boutique, on a fait circuler une pétition, et on la lui a fait fermer, à ce connard!

– Devielle, c'était le propriétaire d'un magasin de jeux, c'est ça?

– Oui, une belle ordure, celui-là. J'ai souvent pensé à aller lui démolir la gueule. Un ancien animateur, si j'ai bien compris, qui connaissait une des filles qui s'occupaient de la culture à la mairie. Ne me demande pas comment il avait monté son affaire, pourquoi il était venu s'enterrer ici, probablement qu'il traînait des casseroles à Paris ou ailleurs... Il avait son magasin, il vendait aussi ses saloperies par correspondance, il émargeait sur le budget municipal... La belle planque pour cet enfoiré...

Bernard freina, gara la Kangoo devant l'entrée du pavillon.

– Ne parle pas trop de cette histoire de jeux de rôle avec ta tante, tu veux bien ? Elle se culpabilise énormément à cause de ça.

– D'accord... Dis-moi, tous les livres de Julien, tous ses recueils de règles, etc., que sont-ils devenus ?

– La gendarmerie les a empruntés, histoire de voir s'il avait laissé des indices ou quelque chose de ce genre. Mais il n'ont rien trouvé d'utilisable. Alors je les ai brûlés. C'est ce que j'aurais dû faire dès le début.

La vitrine de la boutique était étoilée de dizaines de traces d'impacts, mais quand Céline s'en approcha, elle se rendit compte qu'il s'agissait de décorations plastifiées posées à même le verre. *Drôle d'idée*, songea-t-elle. Son regard erra sur les couvertures visibles en vitrine, s'arrêta sur un livret de règles en français pour un jeu apparemment tiré de l'univers de *La Guerre des étoiles*.

Elle poussa la porte du magasin, pénétra à l'intérieur. La pièce n'était pas très grande, et, outre les rayonnages et les bacs, elle était rendue encore plus exiguë par un amoncellement de cartons contre le mur du fond. Derrière le comptoir où trônaient des statuettes de guerriers barbares et autres loups-garous, un homme d'une quarantaine d'années, maigre, le cheveu rare compensé par une barbe fournie, s'agitait au téléphone.

– Ah oui, là, mais attends, tu n'as rien vu, tu me fais marrer ! Tu n'as pas connu la grande époque ! L'époque de Keith Herber, de Di Tillio ! Ça, c'étaient de super-scénaristes, pas les guignols qu'ils emploient maintenant ! *Les Ombres de Nyarlathotep*, *La Progéniture d'Azatoth*, ça c'étaient de véritables sagas, de véritables campagnes que tu pouvais jouer pendant des mois sans en voir la fin... Maintenant, ça sent le réchauffé, même *Delta Green*, c'est pompé sur des séries télé comme *X-Files*...

À l'autre bout du fil, l'interlocuteur devait défendre son point de vue avec autant d'âpreté, et le propriétaire ne fit pas mine de s'intéresser à l'entrée de Céline dans le magasin. Le cœur battant, elle se dirigea vers les rayonnages, passa la main sur la tranche des couvertures, prenant l'air décidé. Elle feuilleta un livret au hasard, lut :

« Mourir, c'est juste franchir un seuil, traverser le voile. L'instant de la mort est un rite initiatique marquant le terme d'un voyage, le début d'un autre, une voie qui nous est ouverte à tout moment... »

Ses mâchoires se crispèrent, elle maîtrisa son émotion et feuilleta plus avant : « *Tout s'écroule. Le Néant étend ses tentacules, à la recherche des fissures, des défauts, des imperfections du monde au-dessus de lui...* », puis, plus loin : « *Vous pouvez souhaiter donner à votre personnage des spécialités dans ses divers Traits, à condition que le Trait concerné atteigne au moins le niveau 4.* »

Au téléphone, Devielle poursuivait son quasi-monologue et, tout en l'écoutant, Céline continua son exploration du livre de règles qu'elle tenait en main. La diversité des thèmes abordés, des styles d'écriture, la déconcertait : les considérations les plus sombres, parfois émaillées de citations de groupes de hard-rock particulièrement sinistres, côtoyaient de longues et ennuyeuses explications de points de règles, et quelques notes d'humour voire d'autodérision qui cadraient mal avec l'idée que Céline se faisait de l'état mental probable de l'auteur du recueil. Il semblait s'agir d'un jeu de rôle d'origine américaine, dans lequel les joueurs incarnaient des ombres, des morts vivants, des fantômes, ce n'était pas clair pour

Céline… Un jeu qui commençait à la mort du personnage de chair et se déroulait dans un monde vaguement inspiré de *L'Enfer* de Dante. Le plus surprenant était probablement le soin maniaque apporté à la création de règles complexes, et la description ampoulée, à la limite du ridicule, de la noirceur de ce monde imaginaire, comme si l'auteur avait voulu jouer à se faire peur sans parvenir à être crédible.

Céline reposa le recueil de règles, en saisit un second : l'univers ici était plus facilement reconnaissable. S'appuyant sur les écrits de Howard Phillips Lovecraft, que Céline avait dévorés au collège, le jeu, *L'Appel de Cthulhu*, mettait en scène des personnages interprétés par les joueurs, au choix : des détectives privés, des archéologues, des reporters ou des professeurs d'université, confrontés à des créatures innommables et maléfiques dont eux seuls connaissaient l'existence. Les règles semblaient plus simples, et les scénarios moins incompréhensibles. Céline garda le recueil en main, poursuivit sa flânerie. Elle feuilleta encore quelques scénarios de *Donjons et Dragons*, pleins de nains voleurs du douzième degré, de capes d'invisibilité infrarouge et d'épées de protection magique + 13, qui la firent sourire, tant ce catalogue incongru lui évoquait Raymond Queneau.

– Écoute, ce n'est pas à un vieux singe que tu vas apprendre à faire la grimace, continuait Devielle au téléphone. Dans les années 80, on y a tous cru, dur comme fer. On a cru que le jeu de rôle allait s'imposer partout, comme les jeux de société au début du siècle. Il y avait plein de magazines en kiosque, *Chroniques d'outre-monde*, que j'avais créé avec trois potes, et *Dragon*, et *Casus*... On ouvrait des boutiques partout, même dans les petites villes. Et puis la Gameboy est arrivée, et puis les jeux sur ordinateur, et ils ont raflé la mise. Pour plein de raisons. L'attrait technologique, d'abord, parce qu'on ne peut pas dire que les premiers jeux valaient un clou question graphisme, scénario, etc. mais c'était nouveau, c'était électronique, on pouvait jouer tout seul sans se faire chier à monter un groupe de joueurs, à apprendre des tas de pages de règles... C'était la facilité, et ça a payé. Ajoutes-y la superbe contre-publicité que nous ont faite des pisse-copie qui n'avaient probablement pas lancé un dé à huit faces de leur vie, et tu as la situation actuelle : les magazines ferment les uns après les autres, les boutiques aussi. Mais écoute, on parlera de tout ça une fois que je serai remonté à Paris, tu m'appelles chez Manu, OK. Je vais te laisser. J'ai quelqu'un dans la boutique...

Devielle reposa le combiné, s'extirpa de derrière son comptoir.

– Si vous désirez un renseignement, n'importe quoi…

– Non, non, je vous remercie, je farfouille…

– Quand même, il faut que je vous dise, je brade tout le stock, ce sont les derniers jours avant la fermeture. Tout est à 50% du prix indiqué, c'est le moment rêvé si vous désirez vous initier à un nouveau système. Laissez-moi deviner, vous êtes plutôt *Vampire*, *Wraith*, vous aimez le genre gothique…

– Non, pas du tout. En fait, ce n'est pas pour moi, c'est pour… mon cousin.

– Ah… Quel âge a-t-il ?

– Il allait…

Céline ferma les yeux un instant, se retint : elle avait failli parler de Julien à l'imparfait.

– Il va avoir seize ans, fin septembre.

– Seize ans… Est-ce qu'il parle anglais ?

– Oui, un peu. Enfin il apprend à l'école…

– Je vous demande ça parce que le choix en anglais est beaucoup plus vaste, la plupart des systèmes de jeux ne sont traduits en français qu'avec beaucoup de retard. Est-ce qu'il joue déjà, et à quoi ?

– Oui. Il joue à *Donjons et Dragons*, et à *La Guerre des étoiles*, je crois.

– Ah, très bien. Mais vous ne savez pas quels scénarios il possède déjà, n'est-ce pas ? Et comme je ferme dans trois jours, je ne peux pas vous proposer qu'il vienne faire un échange... Peut-être devriez-vous lui proposer quelque chose de neuf? S'il est un peu curieux, ça ne lui fera pas de mal de changer d'univers...

– Changer d'univers ?

– Oui, de nouvelles règles, de nouveaux types de personnages, c'est stimulant. *Donjons* et *Star Wars*, c'est plutôt pour les débutants, c'est gentillet. Ce que vous regardiez, là, tout à l'heure, ça me semble déjà plus intéressant.

– *L'Appel de Cthulhu* ?

– Oui, c'est vraiment un système de jeu génial, simple, avec des histoires très fortes, très intenses.

– Et *Wraith*, là ?

– C'est très bien, mais c'est plus cérébral. Il faut des joueurs confirmés, déjà.

– Le sujet a l'air un peu... hard. Ces histoires de morts vivants, d'âmes errantes.

– Oui, bien sûr, mais il ne faut pas prendre ça au pied de la lettre, c'est un jeu.

– « *Mourir, c'est juste franchir un seuil, traverser le voile...* », répéta Céline de mémoire. C'est un peu macabre comme jeu.

– C'est juste de l'habillage, ça. Le système de jeu est moins pessimiste : en gros, vous incarnez l'âme d'un mort qui cherche son salut dans l'au-delà. Certains choisissent de se rattacher encore au monde matériel, d'autres apprennent à lâcher prise, à atteindre un niveau de conscience supérieur…

Céline resta de glace, et Devielle reprit aussitôt :

– Non, attendez, attendez ! Je vois ce que vous êtes en train de penser, je le vois inscrit en lettres de feu sur votre visage : ce type est dingue, il recrute pour la secte de gouroutologie du coin. Je me suis mal expliqué : ça reste un jeu. Les joueurs n'y croient pas, pas plus qu'ils ne croient à l'existence des vampires, des loups-garous ou des inspecteurs des impôts.

– Et ça n'arrive jamais qu'un joueur dérape, ne fasse plus la différence entre le monde réel et ces autres mondes auxquels il a l'illusion d'avoir accès par le jeu ?

Devielle soupira :

– Oui, bien sûr, ça arrive, mais c'est très rare. Aussi rare qu'avec la bande dessinée, ou le cinéma, ou la littérature. On ne va pas interdire Baudelaire parce qu'il dresse les vertus du haschisch dans un de ses poèmes…

– Il y a un jeune garçon, dans la région je

crois, qui jouait aux jeux de rôle et qui s'est suicidé…

– Julien Lasfargue…

Entendre un quasi-inconnu prononcer ces deux mots bouleversa Céline, la ramena quatre mois en arrière, quand le nom de son cousin s'étalait à la une des faits divers locaux, et jusque sur les écrans de télévision. L'affaire de Sollières était devenue, l'espace de quelques semaines, l'affaire Julien Lasfargue. Sur TF1, pendant trois jours, la rédaction avait même réalisé un petit logo en incrustation derrière la tête du présentateur, où la photo de Julien côtoyait une tombe fracassée réalisée en images de synthèse. Mais Devielle avait prononcé ce prénom avec une intonation particulière, où semblaient se mêler l'agacement et une forme de remords.

– Oui, ça doit être ça, dit Céline.

Devielle soupira :

– Écoute, c'est une histoire trop longue à raconter, et j'en ai marre de me justifier à propos de Julien. C'était un garçon formidable, très sympathique, et je suis persuadé qu'il n'avait rien à voir avec cette histoire de profanation en février dernier. C'est un amalgame typique : Julien jouait aux jeux de rôle, on avait profané une tombe dans la région quelques mois auparavant, il se suicide,

DONC il était coupable et c'est le jeu de rôle qui l'a envoûté avant que le repentir le pousse au suicide. Dommage que tous ces journalistes n'aient pas fourni l'ombre d'une preuve et ne se soient pas intéressés un peu plus à la personnalité de Julien.

– Pourtant même son père pense qu'il y a un lien…

– Son père ? Tu connais son père ? Écoute, ce type me poursuit de son animosité depuis la mort de son fils, comme si j'en étais personnellement responsable. Ils m'ont tellement harcelé à la mairie que j'ai décidé de plier boutique, tout ça à cause de lui. Je comprends sa réaction, c'est une réaction humaine, en toute chose il faut un coupable, ça lui évite probablement de se poser des questions essentielles, sur sa propre responsabilité de parent. C'est tellement facile d'accuser le jeu de rôle, ou les films américains, ou la bande dessinée. Au siècle dernier, on aurait accusé les romans, on ne t'aurait jamais laissée en lire un, la bonne société assurait que ça mettait de mauvaises idées dans la tête des jeunes filles. Aujourd'hui, c'est le jeu de rôle, parce que c'est une pratique qui demande du temps, de la réflexion, qui provoque une véritable passion chez ceux qui s'y adonnent…

Devielle s'esclaffa, un rire sans joie :

– Regarde comment moi-même j'arrive à en parler : « s'y adonner », des « adeptes », une « passion »... ; même les mots qu'on emploie pour en parler puent la secte ou la manipulation mentale... alors que ça n'a rien à voir... Tu veux que je te dise : le jeu de rôle, c'est comme un jeu de société qui ferait appel à l'imagination des joueurs et à une forme d'improvisation théâtrale, c'est tout... mais va expliquer ça à des gens essentiellement passifs, habitués à consommer des téléfilms et des séries à la chaîne, et pour qui le summum de l'interactivité, c'est *Le Juste Prix* !

– Moi je veux bien, mais toutes ces histoires qu'on raconte à propos de suicides de joueurs, en Amérique surtout, ça ne repose sur rien ?

– Écoute, je ne suis pas psychiatre, donc je ne peux pas te répondre. Tout ce que je sais, c'est qu'en Europe, cette année, un jeu entraînera la mort d'au moins une vingtaine de personnes, sans compter les blessés, soit par agression, soit dans des accidents de voiture, etc., sans que personne ne s'en émeuve et ne songe à demander son interdiction.

– Qu'est-ce que c'est ?

– Le football, chuchota Devielle.

Céline arpentait les ruelles du centre ville

depuis une petite demi-heure, son sac de toile rempli de livrets de règles et de scénarios battant contre sa hanche, quand la chaleur la poussa à pénétrer dans un café. Toutes les fenêtres en étaient ouvertes, pour laisser circuler un peu d'air, mais la grande salle était très sombre, et Céline mit un moment à habituer ses yeux à la pénombre.

Elle s'assit près d'une fenêtre donnant sur la rue, non loin d'une jeune fille blonde plongée dans un recueil de poèmes, et sortit de son sac la photocopie d'un article que Devielle lui avait confiée :

« *Août 1979. Le campus de Michigan State University est en pleine effervescence,* lut-elle. *James Dallas Egbert III, un adolescent de seize ans, a disparu sans laisser de trace. Solitaire, timide, introverti, le jeune garçon n'a pas d'amis sur le campus, à peine quelques connaissances. Il faudra cinq jours à l'administration de l'université pour se rendre compte de son absence, et prévenir ses parents. Les rumeurs abondent : kidnapping, drogue, rites sataniques... Son père, rapidement exaspéré par les lenteurs de l'enquête, fait appel à un détective spécialisé dans la recherche des personnes disparues. William Dear, la cinquantaine, ancien marine reconverti, détective privé aussi efficace que médiatisé, se lance sur la piste. Cherchant à cerner la personnalité du dis-*

paru, il est rapidement fasciné par ce qu'il découvre : JDE III, alias Dallas pour ses rares intimes, est un surdoué, passionné d'informatique à une époque où les ordinateurs restent encore hermétiques à la grande majorité de ses congénères. Les tests psychologiques effectués à la demande de ses professeurs, inquiets de sa mauvaise adaptation en classe, ont révélé un quotient intellectuel de 180. Apprenant que le jeune garçon était un fervent pratiquant de jeux de rôle, et en particulier du plus populaire d'entre eux, Donjons et Dragons, *Dear se documente sur le jeu, réussit à intégrer un groupe de joueurs pour participer à une partie mouvementée, et développe peu à peu une intuition : Dallas a sans doute décidé de jouer à* D&D, *comme disent les initiés, en grandeur nature, en temps réel, dans un "vrai" donjon. Où cela ? Dans les souterrains de l'université, véritable dédale de galeries souterraines. L'administration, qui a toujours nié que les élèves puissent avoir accès à ces galeries, qui dans un premier temps en a même nié l'existence, est obligée d'avouer que ces tunnels échappent à tout contrôle. S'ensuit pour le détective et une équipe de volontaires une poursuite cauchemardesque tout au long de seize kilomètres de boyaux humides et sombres. Asphyxiés par l'air vicié…* »

Ce sera quoi ?

Céline interrompit sa lecture, leva les yeux vers

le barman, un moustachu aux bacchantes particulièrement soignées. Elle allait commander un diabolo grenadine, mais son regard croisa un instant celui de la jeune fille blonde, qui l'observait au-dessus du rebord d'un verre de bière.

– Une bière. Vous avez de l'Adelscott ?

– Oui, bien sûr, en bouteille.

– Alors une Adelscott.

Céline eut l'impression qu'un fin sourire éclairait un instant le regard de la jeune fille blonde, mais l'obscurité avait pu l'induire en erreur. Elle rabaissa son regard sur l'article, sans réussir à reprendre sa lecture immédiatement. Elle avait eu l'impression d'être observée, une impression pas désagréable mais déroutante.

«*Asphyxiés par l'air vicié, ils explorent pendant des heures ce dédale infesté de rats, évitant les jets brûlants de vapeur que laissent échapper par instants les tuyaux de chauffage sous pression, et trouvent la trace du passage de nombreux étudiants de l'université qui se livrent en secret à des chasses au trésor souterraines dans ces modernes catacombes. La presse, alertée, organise un énorme battage médiatique autour de l'événement. Mais, contrairement aux craintes du détective, et aux attentes des télévisions en quête d'Audimat, on ne retrouvera pas le corps desséché du jeune garçon au fond d'une galerie. Délaissant alors un temps la piste du jeu de rôle, Dear va s'intéresser aux fréquentations homosexuelles du jeune homme, interrogeant les groupes gays du campus, les dealers locaux... De nombreux mois plus tard, à New Orleans, Dear libérera Dallas des mains de ses souteneurs, et le ramènera à sa famille. Malgré le soutien amical du détective et d'un psychologue, Dallas, incompris, incapable d'assumer la pression sociale exercée par des parents bienveillants mais dépassés par sa personnalité particulière, se suicidera un an plus tard. Immédiatement, sa mort deviendra, dans l'esprit de l'Amérique profonde, un symbole. Passant sous silence la réalité, l'homosexualité mal vécue de Dallas et sa toxicomanie, ainsi que ses nombreuses tentatives de suicide antérieures, la presse, relayée par diverses organisations religieuses extrémistes, va engager une campagne de dénigrement systématique contre le jeu de rôle et ses adeptes. Pourtant, plusieurs millions de jeunes s'adonnent au jeu de rôle en Amérique. En France, le chiffre avancé serait...»*

– Voilà, dit le barman en déposant un grand verre évasé rempli de bière rousse devant Céline.

Elle le remercia d'un signe de tête, prit le verre recouvert de buée et savoura une première gorgée, puis une deuxième.

Le barman était retourné au comptoir, bavardait distraitement avec deux habitués que Céline n'avait pas vu entrer, deux retraités en espadrilles vêtus de polos douteux. En arrière-fond, les informations passaient sur la radio située bien en évidence devant la vitre du comptoir.

« … *par le gouverneur de la Banque de France, avant la mi-août, à moins d'un arbitrage direct du gouvernement dans l'intervalle. À Montpellier, dans l'affaire du pillage des entrepôts d'ameublement Mobilier de France survenu le 1*er *juillet dernier, le veilleur de nuit de l'entrepôt a été mis en garde à vue, entendu par la police. Mouloud Aounit, trente-deux ans, vigile depuis cinq ans dans cet établissement, aurait avoué avoir participé au braquage de l'entrepôt avec une bande de délinquants du quartier du…* »

– Ah non ! C'est le gardien de nuit lui-même qui a fait le coup, tu parles d'un enculé ! lâcha l'un des retraités dans un grand éclat de voix, tandis que le second secouait la tête exagérément, comme pour stigmatiser la folie du monde.

– Attends ! Attends ! les corrigea le barman. T'as entendu le nom du gars ? Mouloud ! Comme par hasard ! Tu crois que je serais assez con pour confier les clés du bar à un Mouloud, moi ! Eh, y a pas écrit La Poste ! Mouloud, non mais je rêve ! Tu confierais un entrepôt Mobilier de France à un Mouloud ? Mobilier du Maghreb, oui, là je veux bien… Des armoires en rotin et des fauteuils en bouse de chèvre séchée, là y a pas de problème, le mec, y va pas te les piquer, il a les mêmes chez lui !

Une vague de rires gras ponctua cette tirade. Les oreilles de Céline étaient en feu.

– S'il-vô-pli, msieur, chi travailleur immigré, tias pas besoin d'un gardien eud nuit msieur pour garder ta fômme ? mima le barman avec application.

Les trois hommes, écroulés sur le comptoir, ne prêtaient plus aucune attention à la longue liste de résultats sportifs que débitait le poste. Céline reposa son verre, leur lança un regard méprisant.

– Putain, c'est vraiment Connardland ici, lâcha d'une voix neutre la jeune fille blonde, mais aucun des trois hommes ne l'avait entendue.

Elle jeta deux pièces de dix francs sur la table, repoussa sa chaise, dont les pieds métalliques grincèrent horriblement sur le parquet dallé de mosaïque crasseuse. Céline l'imita, et leur retraite précipitée les bloqua un moment dans l'encadrement de la porte du bar.

– Vas-y.

– Non, toi.

Elles se retrouvèrent dans la rue, éblouies. La jeune fille plissa les yeux, cherchant dans son sac une paire de lunettes de soleil. Céline en profita pour la dévisager. Elle était grande, presque aussi grande que Céline, avec des cheveux blond décoloré tombant sur ses épaules. Elle avait un visage fin, des yeux gris, des lèvres pulpeuses que soulignait un rouge à lèvres carmin. Une petite pierre noire brillait sur sa narine gauche. Comme Céline, elle était vêtue de noir, à l'exception d'un foulard mauve autour de son cou.

– Ils sont à peine graves dans ce pays, lâcha Céline, puis elle se mordit les lèvres en songeant que la jeune fille était peut-être une autochtone.

À part Céline, qui pouvait être assez tarée pour venir, par choix, passer l'été à Sollières ?

– Graves de chez Vegras, tu l'as dit. De vrais porcs, confits dans leur connerie. Moi, c'est Sandra.

– Céline. Je ne suis pas d'ici.

– J'avais remarqué, dit Sandra en imitant un accent parisien. Et tu as bien de la chance, parce que moi je suis d'ici. Et c'est pas gagné. T'aurais pas une nuit-grave ?

– Non, désolé, je fume pas.

– Ah... Miss Zéro-défaut ? demanda Sandra d'un ton joyeux qui effaçait l'ironie du propos.

– Non, non, c'est juste... Je n'ai aucun vice qui rapporte à l'État.

Céline avait lu cette maxime dans un article d'un humoriste, et l'avait adoptée. À peine l'avait-elle prononcée qu'elle se mit à espérer de tout cœur que Sandra n'aie pas les mêmes lectures.

– Génial, s'esclaffa Sandra. Trop cool, vraiment… Donc pas de tabac, pas d'alcool, pas de Viagra. La lecture ?

Céline fit signe que oui, prit la main de Sandra pour mieux voir la couverture du recueil de poèmes.

– *Les Fleurs du mal.* C'est marrant, je viens d'en parler avec un type…

– « Rappelez-vous l'objet que nous vîmes, mon âme, ce beau matin d'été si doux… » récita Sandra d'une voix rauque, qui fit frissonner Céline de plaisir.

– « Au détour d'un sentier une charogne infâme, sur un lit semé de cailloux… Euh… L'air bourdonnait autour de cette pourriture, et faisait… »

– Pas mal, pas mal ! La lecture, donc. Et les mecs ?

– Pas vraiment. En tout cas, pas ici.

– Oui, c'est vrai, fit Sandra avec un signe de tête en direction du bar qu'elles venaient de quitter, ici c'est plutôt beaufiot, cake et compagnie…

Elles restèrent un instant sans plus trop savoir quoi dire, puis Sandra demanda :

– T'es là pour un moment ?

– Je ne sais pas. Deux ou trois semaines, je pense.

– Bon, ben on aura sûrement l'occasion de se revoir, c'est pas si grand, ce bled.

– Tu vas à la piscine ? demanda Céline.

– La piscine ? répéta Sandra en mimant un violent haut-le-cœur. Pourquoi pas la plage, pendant qu'on y est. C'est le rendez-vous de tous les cakes et de toutes les cagoles du lycée, merci bien. Non, mais le soir, je traîne en ville, ou au cinoche, ou au cimetière.

– Au cimetière ?

Sandra sourit.

– C'est le seul endroit en ville où tu ne risques pas d'entendre le genre de conversation de comptoir à la con qu'on vient de se cogner là-dedans...

– Marrant. Original...

– Tu sais pas à quel point... murmura Sandra en humectant sa lèvre supérieure du bout de la langue, si rapidement que Céline ne fut pas certaine de ne pas avoir imaginé la scène.

Au téléphone, Maman avait demandé si tout allait bien, vraiment, vraiment ma chérie tu ne me caches rien si tu veux rentrer ton père ne dira rien ne t'entête pas, et Céline avait répondu que tout allait bien, avant de repasser le combiné à tante Sylviane. Elle s'était éclipsée dans la cuisine, vidant le lave-vaisselle, ouvrant et refermant les portes des placards et du réfrigérateur avec assez de force pour bien signaler à sa tante qu'elle s'était éloignée, et la laisser libre de s'épancher. Au bout d'une demi-heure, Sylviane était revenue, muette, les yeux gonflés mais comme soulagée. C'était la première fois que les deux sœurs se parlaient un peu longuement au téléphone depuis le suicide de Julien, et Céline se dit que son séjour ici n'aurait pas été superflu s'il permettait aux deux femmes de passer outre à leur timidité naturelle pour reprendre contact.

Avec sa nièce, Sylviane réussissait le prodige de continuer à ne jamais prononcer le prénom de Julien, mais Céline était patiente, et attendait que cède le barrage. Quand elle ne plongeait pas dans les livres de règles et les scénarios de jeux de rôle que lui avait pratiquement donnés Devielle, elle passait ses journées à traîner dans Sollières et ses alentours, et c'est ainsi qu'au troisième jour, elle découvrit le cimetière juif de la ville, celui-là même dans lequel avait eu lieu la profanation quelque six mois plus tôt. Rien n'indiquait la présence du cimetière, aucune inscription gravée, aucun écriteau. Céline marchait le long d'une ruelle, à l'ombre, lorsque entre deux maisons, elle découvrit un champ de vieilles pierres plates disposées à flanc de colline, sur une centaine de mètres carrés. Des herbes hautes, jaunies par la sécheresse, masquaient le terrain, de l'autre côté d'un petit muret. Elle dut ralentir l'allure, s'arrêter, pour s'assurer qu'il s'agissait d'un cimetière abandonné. Il n'y avait aucun monument, aucune croix, juste les pierres grises tachées ici et là par de vieilles moisissures couleur rouille, écrasées par le soleil de l'après-midi. Plus haut, sous les figuiers, les tombes étaient plus clairsemées. Céline chercha en vain une porte ou un grillage, enjamba le muret et se retrouva au milieu des tombes. Elle se pencha sur l'une d'elles, mais le temps avait rendu les inscriptions indéchiffrables. Elle avança au hasard, prenant garde de ne pas marcher sur les pierres tombales, quand elle se sentit observée. De l'autre côté de la rue, à sa fenêtre, une femme d'une soixantaine d'années, large dans son grand tablier à carreaux, la suivait des yeux à l'ombre d'un rideau. Céline lui fit signe, redescendit vers la rue, enjamba le muret d'un bond pour venir la rejoindre.

– Bonjour madame, excusez-moi de vous déranger. Ça m'a intriguée, cet endroit, qu'est-ce que c'est ?

– C'est le cimetière. Le cimetière juif. Il paraît qu'il date du XVe siècle, et que la communauté juive enterrait tous ses morts là, dans le temps. Mais je vais vous dire, même moi qui suis née ici, je ne savais pas qu'il existait jusqu'à voilà dix ans, quand un Parisien, un notaire en retraite si je me souviens bien, est tombé dessus par hasard en se promenant sur la colline. Des gens sont venus de Toulouse, des spécialistes, ils ont pris des photos, ils ont coupé les herbes, tout ça, et c'est comme ça qu'on a su qu'on avait un cimetière juif à Sollières. Moi, quand j'étais petite, on allait jamais jouer là. La maison d'à côté, en bas à droite, là, elle était habitée par un couple pas très net, les parents refusaient qu'on s'en approche. Et puis le terrain, c'était ronces et compagnie, on n'allait pas s'y esquinter les jambes... Non, c'est quand le notaire est tombé dessus qu'on l'a redécouvert.

– Et c'est là qu'a eu lieu la profanation dont ils ont parlé dans les journaux ?

– Profanation, je sais pas. Ils ont cassé des pierres, je crois, mais avec le temps, qu'est-ce que vous voulez profaner là-dedans, ça doit être tout sec et revenu à la terre depuis longtemps, vous savez. Je suis pas raciste, hein, notez bien, mais c'était beaucoup de bruit pour pas grand-chose. Enfin, dans ce pays, on sait comment c'est, dès qu'on touche aux juifs...

– Qu'est-ce qui se passe quand on touche aux juifs ? demanda Céline d'une voix qu'elle s'efforça de garder sereine.

– Vous savez bien, ils sont partout dans les

journaux alors, évidemment, ils font du foin pour un truc comme ça, un foin pas possible. J'ai rien contre, hein, mais quand il arrive la même chose dans un cimetière chrétien, on n'en fait pas tout un plat.

– Parce qu'on profane souvent des cimetières, dans le coin ?

Piquée au vif, et probablement consciente de sa bévue, la femme se rengorgea :

– Exactement, mademoiselle, et je sais de quoi je parle parce que mon mari est mort il y a trois ans, et je monte au cimetière au moins deux fois la semaine, sinon plus. Pas plus tard qu'en mars dernier, une semaine après l'histoire du cimetière juif qui avait été montée en épingle, des gens ont pénétré dans une crypte du cimetière de Sollières, le vrai, et ont ouvert le cercueil du Robert, c'est comme ça qu'on l'appelait dans le pays. Il habitait juste en face, là, la maison à gauche. Il avait été gendarme, il était en retraite, c'est même lui, le pauvre, qui avait entendu des bruits dans le cimetière juif et qui avait prévenu ses collègues qu'il se passait quelque chose. Mais tout ce tintouin, tous ces journalistes, c'était trop de tracas pour lui, une semaine après, il a fait un infarctus, il est tombé raide en arrosant ses tomates, juste là en face, si c'est pas malheureux.

– Et on a profané sa tombe, vous êtes sûre ?

– Son cercueil. Il était entreposé dans une crypte temporairement, le temps de réduire une ancienne concession à l'abandon et de l'enterrer, et de petits salauds sont venus ouvrir son cercueil et faire des trucs dégueulasses, rien que d'y penser... Je préfère pas en parler...

– Vous êtes sûre de ce que vous me dites ? Je ne me souviens pas en avoir entendu parler dans les journaux...

– Si vous croyez les journaux, ma pauvre fille... Je vais vous dire, ç'a été tu parce qu'il n'était pas juif, c'est de la manipulation tout ça, le maire l'a bien dit. Mais ce genre de saloperie, ça arrive tout le temps. Pas aussi grave peut-être, mais quand même. Ils brisent une pierre ici ou là, ils laissent des animaux morts, j'ai même vu des crottes, vous m'entendez, des crottes sur les plaques du souvenir, il faut être malade, non, pour faire des choses pareilles, si on les chope ces petits salauds, moi je suis pour la peine de mort, tout de suite. Ça devrait pas avoir le droit d'exister, des ordures pareilles.

« *Plusieurs millions de jeunes s'adonnent aux jeux de rôle en Amérique* », lut Céline, allongée sur son lit dans la chambre d'amis attenante à celle de Julien.

Il faisait nuit, Sylviane et Bernard s'étaient endormis depuis un moment déjà, et elle avait sorti de sous son lit le sac de toile renfermant les livrets de règles et l'article que lui avait confiés Devielle. *« En France, le chiffre avancé serait de 300 000 joueurs. En majorité masculine, la population des joueurs est jeune (13 à 35 ans), passionnée par le fantastique et la science-fiction. Les thèmes de jeu sont divers, allant de la recréation historique* (Pendragon, Les Trois Mousquetaires), *au fantastique pur sur fond de prohibition et de gangstérisme dans les années 20* (L'Appel de Cthulhu) *en passant par l'espionnage* (James Bond) *et la science-fiction* (Star Wars). *La tendance récente est à des jeux plus complexes, plus noirs, amenant les joueurs à incarner des créatures maléfiques telles que vampires, loups-garous, voire même des démons* (Vampire, Wraith, Kult, In Nomine Satanis). *Cette vague de jeux "sombres" est directement issue d'œuvres littéraires comme* Entretien avec un vampire *d'Anne Rice, adaptée au cinéma avec Brad Pitt et Tom Cruise.*

« De nombreuses personnes confondent allégrement jeux de rôle, wargames avec figurines, jeux informatiques d'aventure et livres interactifs (les fameux livres dont vous êtes le héros, avatar moderne du jeu de l'oie). En fait, le jeu de rôle est un jeu de société dont les joueurs, au travers de personnages qu'ils interprètent, vivent en commun une aventure, en faisant appel à leur

imagination et à leur intuition pour en modifier le cours, tandis qu'une autre personne, le meneur de jeu, se charge d'arbitrer et d'animer la partie. Les joueurs s'apparentent aux acteurs d'une pièce de théâtre ou d'un film, dont le meneur de jeu serait à la fois le régisseur, le réalisateur et le scénariste, à ceci près que les joueurs ne répètent pas une pièce déjà écrite, mais peuvent faire évoluer librement leurs personnages dans l'univers du jeu. C'est un jeu de dialogues, joué autour d'une table par trois à huit personnes, et dans lequel il n'y a ni gagnant, ni perdant, le but étant de vivre ensemble une aventure imaginaire. Chacun incarne un personnage (magicienne, détective privé, pilote de vaisseau spatial ou médecin légiste...) évoluant dans un univers réaliste ou fictif sous l'égide d'un meneur de jeu qui veille à la cohérence de la trame narrative sur laquelle interagissent les joueurs, abusivement appelée "scénario". Il peut s'agir, selon les jeux, de l'exploration d'un temple maudit au Yucatán, d'une enquête sur un meurtre d'une sauvagerie inexplicable dans les ruelles de Boston, ou du siège d'un château fort par des orcs... Hormis la cohérence du scénario, le meneur de jeu, appelé "maître du donjon" ou "Gardien des Arcanes" selon les jeux, veille aussi au respect des règles. Celles-ci, plus ou moins souples, aident à simuler au plus près la réalité, et la part du hasard dans la résolution d'une action. Les joueurs vont définir en début de partie les caractéristiques de leurs personnages (Force, Intelligence, Dextérité, Constitution...) en lançant trois dés à six faces pour chaque caractéristique. Les règles permettent ensuite de répartir ces points de départ dans des compétences choisies par le joueur, habituellement exprimées en pourcentage (lancer de couteau, connaissance en archéologie, crochetage de serrure...) et de créer ainsi un personnage avec ses points forts mais aussi ses handicaps. Lorsque le personnage aura à effectuer une action, le joueur lancera deux dés à dix faces et comparera le pourcentage obtenu avec sa compétence de base dans l'action entreprise. Un personnage sportif aura ainsi, a priori, plus de chance de grimper une paroi abrupte qu'un vieux professeur de paléontologie...

«Au-delà de ces caractéristiques, la personnalité du personnage sera interprétée à sa guise par le joueur, un peu comme un acteur endosse le rôle d'un personnage à l'écran ou sur un plateau de théâtre. Naïf ou roublard, lâche ou courageux, fantasque ou rigide, noble ou pervers, le personnage sera ce que le joueur en fera, et pourra permettre à celui-ci de développer, le temps du jeu, un aspect habituellement méconnu de sa personnalité.»

Céline se redressa sur le lit, relut cette dernière phrase avec attention, puis l'ensemble du paragraphe. Pas un instant elle n'avait oublié la provenance de l'article qu'elle tenait en main: si Devielle lui en avait donné une copie, c'est qu'il estimait que le jeu de rôle y était présenté sous un jour favorable. Reste que l'existence de jeux sombres, voire morbides, n'était pas passée sous silence, et que ces quelques mots sur le développement d'« un aspect habituellement méconnu » de la personnalité d'un joueur, l'intriguait. Qu'est-ce que cela voulait dire réellement, qu'est-ce que cela impliquait? Pour le savoir, il n'y avait qu'un moyen, tenter l'expérience. Mais comment s'y prendre? Comment contacter des joueurs, surtout dans une ville où ceux-ci devaient garder profil bas depuis le suicide de Julien, quelle que soit leur implication réelle dans celui-ci. Si seulement oncle Bernard n'avait pas tout jeté au feu, elle aurait pu trouver des indices, savoir où commencer ses recherches. Elle était retournée à la Compagnie de Mordor dans la soirée, ayant décidé de révéler sa véritable identité à Devielle, de lui dire qu'elle était une parente de Julien, afin de tenter de lui soutirer les noms des partenaires de jeux de son cousin. Mais elle avait trouvé la porte close, la boutique fermée. Devielle, avant de partir, avait repeint la vitrine en blanc, de l'intérieur, laissant juste un espace visible dans lequel il avait scotché une vieille chemise surmontée de ces mots: «J'y ai même laissé ma...» Cela avait fait sourire Céline, mais ne résolvait pas son problème. Comment retrouver les camarades de Julien? Poser la question à Sylviane ou Bernard, dans le contexte du jeu de rôle, était hors de question. Et en pleines vacances d'été, inutile d'aller traîner du côté du lycée, sur la route des hauts de Sollières...

– Je suis vraiment conne! ragea-t-elle soudain, en bondissant hors du lit, galvanisée par une intuition subite.

Elle se faufila dans le couloir, s'arrêta un instant pour s'assurer qu'elle n'avait réveillé personne, puis tâtonna dans l'obscurité jusque dans le grand salon. Près du téléviseur, sur une commode, Sylviane avait disposé plusieurs cadres contenant des photographies de Julien, prises à tous les âges. On y voyait le cousin de Céline à sa naissance, les poings plissés autour d'une petite bouille rouge renfrognée, puis lors de son quatrième anniversaire, sur son tricycle, et sur un terrain de foot avec son équipe, puis le jour de sa première communion... Céline connaissait ces photographies par cœur, elle les avait si souvent vues qu'elle n'y prêtait plus trop attention. Mais à bien y réfléchir...

Sans allumer le plafonnier, elle attendit que ses

yeux s'habituent à la pénombre pour pouvoir distinguer les contours d'un grand cadre métallique posé contre le mur. Elle s'en empara en le tenant fermement, le souleva avec mille précautions pour ne faire aucun bruit, et le rapporta dans sa chambre. Une fois la porte fermée derrière elle, pour plus de sécurité, elle traversa la chambre de Julien et s'assit sur le siège des toilettes dans la salle de douches. Si Bernard ou Sylviane se levait, elle aurait le temps de cacher le cadre derrière une pile de serviettes. Le cœur battant, la bouche sèche, elle démonta l'arrière du cadre, en extirpa la grande photographie. Un tampon du lycée identifiait la classe « 2de3 » et précisait la date.

Il s'agissait bien de la photographie de classe de l'année précédente. Céline la retourna, examina l'un après l'autre les camarades de classe de son cousin. « *En majorité masculine, la population des joueurs est jeune (13 à 35 ans…)* », disait l'article. Elle s'intéressa aux garçons, tâchant de reconnaître l'un d'entre eux, sans succès. Elle avait bien aperçu, au fil des années précédentes, quelques-unes des connaissances de son cousin, à la maison ou à la piscine, mais ne les avait pas fréquentées, les laissant à leurs bravades de garçons et s'enfermant souvent dans sa chambre, ostensiblement, lorsqu'ils débarquaient pour voir Julien. Mais en quittant le collège pour le lycée, Julien semblait avoir hérité de nouveaux camarades. Aucun de ces visages ne disait quelque chose à Céline. Jusqu'à ce que son regard s'arrête, au dernier rang, sur une figure floue, à demi masquée par un casque de cheveux blonds ramenés en avant comme pour se cacher. Au moment où le photographe avait appuyé sur l'obturateur, elle avait bougé, comme pour brouiller son image. Mais la couleur de ses cheveux, le petit point de lumière brillant sur sa narine, ne laissaient aucun doute à Céline. C'était Sandra.

– Avant toute chose, je crois utile de revenir sur l'histoire naturelle de cette maladie. Le sida, ou syndrome d'immuno-déficience acquise, est apparu au début des années 1980 chez les homosexuels californiens. L'épidémie a d'abord été circonscrite à ce groupe à risque, au point d'être considérée au départ comme un «cancer gay», avant de se répandre dans le reste de la population. Ceux qui, en France, ces dix dernières années, ont refusé de mettre en place une politique de dépistage systématique obligatoire du sida, savaient donc pourtant dès le départ que le rejet de cette mesure de bon sens aurait pour effet inéluctable de permettre à la maladie de se répandre parmi les couches saines de notre société, comme cela a été le cas en Amérique au début des années 1980…

Céline desserra les dents, parcourut du regard la grande salle polyvalente de la mairie de Sollières à la recherche d'un mouvement de réprobation. Rien. Parmi les deux cents personnes assises dans la salle pour assister à la conférence-débat «Le sida nous concerne tous», annoncée par des banderoles colorées tout autour de l'hôtel de ville, personne n'avait bronché. Au contraire, elle voyait ici ou là un spectateur opiner du chef, ou la foule remuer d'un rire discret lorsque l'un des orateurs se permettait un bon mot sur les associations de malades ou le coût des nouveaux traitements. Le mot «gay», prononcé avec une distinction appuyée, était toujours accueilli par un murmure de ricanements complices.

L'éclair d'un flash illumina une nouvelle fois les premiers rangs, comme Bernard, se glissant entre l'estrade et le public, photographiait la foule ravie. Sur le podium, trois hommes en costumes clairs et une femme en tailleur gris à fines rayures, assise légèrement en retrait, souriaient à l'auditoire avec la satisfaction d'une compréhension partagée. La présentation de la soirée avait été faite par le plus jeune d'entre eux, un homme d'une trentaine d'années aux cheveux coupés en brosse, au maintien très militaire, qui semblait être le chargé de communication de la mairie. Il avait passé la parole au maire, un petit homme au sourire doucereux, qui d'une voix nasillarde avait remercié le public de s'être déplacé en nombre pour « cette exceptionnelle soirée au service de la science et de la défense de notre identité », et avait fait applaudir le conférencier, un membre de l'Académie de médecine, titulaire d'une impressionnante liste de titres et de décorations que le maire avait scrupuleusement récitée. L'épouse du maire, muette, s'était contentée de sourire et de donner par l'exemple le signal des applaudissements.

Céline avait assisté à une bonne dizaine de réunions sur le sida, dans le cadre scolaire ou à l'occasion des journées mondiales du 1er décembre. Si elle ne comprenait pas bien les explications scientifiques sur la nature du virus, sur sa capacité à s'infiltrer dans les cellules et à modifier sa structure pour résister aux médicaments, elle avait intégré, au fil des ans, quelques données simples sur la prévention et les risques liés à la maladie. Dès le départ, l'exposé du Pr Delestre l'avait mise mal à l'aise. Aucun mot sur la prévention, hormis une vague allusion au préservatif considéré comme « inefficace et moralement dangereux», un long exposé sur les origines africaines du virus, et sa présence chez les singes verts, ce qui avait provoqué un fou rire nerveux dans l'assistance. Et maintenant, à l'occasion d'une question complaisante posée par l'animateur, le Pr Delestre, visiblement échauffé, s'était lancé dans une vibrante défense du dépistage systématique obligatoire de l'ensemble de la population. Céline, qui avait entendu poser la question des dizaines de fois, qui avait écouté avec attention les divers intervenants, médecins, psychologues, responsables d'association, expliquer l'inutilité d'une telle mesure, bouillait de colère retenue à grand-peine.

– Tester l'ensemble de la population pour séparer le bon grain de l'ivraie, les bien portants des malades, n'a pourtant rien de bien révolutionnaire, poursuivait Delestre en remontant la branche centrale de ses lunettes sur son nez. N'est-ce pas la technique que la médecine a de tout temps employée pour faire face aux épidémies de maladies infectieuses ? N'est-ce pas ainsi que l'on est venu à bout de la tuberculose ? La proposition de M. Jean-Marie Le Pen, dès 1986, de regrouper les malades contaminés et contaminants dans des établissements de soins, pour éviter la dissémination de l'infection, bien entendu, mais aussi dans l'intérêt des malades, s'est pourtant heurtée à un tollé général. Que n'a-t-on pas entendu sur ces sidatoriums ? Que c'était une proposition scandaleuse, digne des fascistes ! Que c'était une atteinte aux droits de l'homme, aux droits des malades ! Mais de quel droit s'agit-il, je vous le demande ? Du droit de contaminer tranquillement une population de sujets sains ? Du droit d'empoisonner lentement toute une génération, tout un peuple ? Quelle terrible responsabilité ont ainsi prise nos dirigeants, nos ministres de la Santé, de droite comme de gauche, pour satisfaire un lobby, le lobby homosexuel, est-il utile ici de le préciser ? Un lobby bien introduit dans certains ministères, évidemment…

Quelques rires saluèrent ce bon mot et, comme mue par un ressort, la femme du maire applaudit avec application, encourageant la salle d'un large sourire, déclenchant une ovation. Sans même avoir réfléchi, Céline était debout. Elle fusilla du regard le couple de retraités qui, tout à sa jubilation, lui bloquait le passage vers la sortie. Exaspérée, elle se tourna de l'autre côté mais, là aussi, la voie était bloquée. Elle allait se résoudre à passer en force en profitant du brouhaha pour écraser quelques orteils méritants quand un micro se matérialisa à quelques centimètres de son nez. Elle leva les yeux, se retrouva face à un appariteur de la sécurité en blazer bleu :

– Vous voulez poser une question au professeur ? Pensez à appuyer sur le bouton rouge quand vous parlez…

Interloquée, Céline resta un instant immobile, mais l'homme, insistant, lui colla presque le micro dans les mains. Les applaudissements décrurent, le Pr Delestre dirigea son attention vers elle, et la salle fit de même.

– Allez-y, mademoiselle, posez votre question, demanda l'animateur de l'estrade.

– Je… Vous nous avez dit tout à l'heure que le test du sida ne détectait pas la présence du virus dans le sang, mais la présence d'anticorps…

– C'est exact. Les anticorps que fabrique l'organisme pour s'opposer à la prolifération du virus. Des anticorps malheureusement inefficaces, car le virus se réfugie dans certaines cellules, comme les cellules cérébrales par exemple…

– Pouvez-vous nous dire…

Céline n'avait pas appuyé sur le bouton rouge, et le Pr Delestre porta la main à son oreille pour lui signaler que la salle n'entendait pas sa question. Elle rouvrit le micro, se força à le remercier d'un sourire.

– Pouvez-vous nous dire combien de temps il faut à l'organisme pour fabriquer ces anticorps ?

– Disons trois mois en moyenne, répondit Delestre.

Bernard s'était approché, photographia Céline debout avec le micro, entourée de voisins attentifs. Elle chercha le regard de son oncle, mais ne rencontra que le masque de métal et de plastique de son Leica.

– Donc il faut trois mois pour que le test devienne positif, si on est contaminé.

– C'est exact.

– Si on procède à un dépistage systématique et obligatoire de la population, et qu'on mette les personnes séropositives dans des sidatoriums, on garde quand même dans la population que vous dites saine un pourcentage inconnu de personnes qui sont contaminées mais qui ne le savent pas...

– C'est vrai, mais on diminue les risques, mademoiselle, et on peut répéter le test...

– Répéter le test sur soixante millions de Français, tous les trois mois ?

Céline avait prononcé sa dernière question comme un défi. Ses jambes tremblaient. Le maire échangea un regard avec le Pr Delestre, approcha du micro posé sur la table du conférencier.

– Excusez-moi, mademoiselle, mais je pense

que vous faites une petite erreur. S'il y a bien au dernier recensement près de soixante millions de personnes vivant dans l'Hexagone, cela ne veut pas du tout dire qu'il y ait soixante millions de Français...

Céline, comme le reste de la salle, mit un moment à comprendre. Puis une vague de colère la submergea, comme ici ou là des spectateurs se penchaient les uns vers les autres, se passaient le mot.

– Elle oublie tous les arabes! lança quelqu'un derrière Céline, et une nouvelle salve de rires et d'applaudissements secoua la salle.

Elle aurait voulu se retourner pour foudroyer l'homme de son mépris, mais elle garda le regard fixé vers la tribune. Elle savait qu'elle venait de marquer un point, et que le maire, fin politique, tentait simplement de désamorcer sa question, de donner le temps à Delestre de se ressaisir. L'appariteur en blazer bleu, conscient de sa méprise, tendait la main vers le micro. Céline fit un pas de côté, répéta sa question, plus fort:

– Répéter le test sur soixante millions de personnes, tous les trois mois?

– Je vous avais entendue, mademoiselle, je vous avais entendue, l'assura le Pr Delestre avec condescendance. Vous vous posez probablement la question du coût économique d'une telle mesure… certes, il serait très élevé, mais si la survie d'un peuple est à ce prix…

– Je ne me pose pas la question du coût, mais celle de l'utilité d'une telle mesure. À quoi cela sert-il de séparer ainsi les personnes atteintes des personnes séronégatives ?

– À éviter la contamination, mademoiselle. Et ça n'a rien de révolutionnaire, c'est ce que l'on a fait de tout temps, pour la peste, pour la tuberculose…

– Mais ce sont des maladies qui s'attrapent par les voies respiratoires, ça n'a rien à voir…

– Je ne vois pas où vous voulez en venir, mademoiselle, c'est très confus…

– Je crois que vous ne cherchez pas à mieux soigner les malades, je crois que vous cherchez juste à les éloigner, à les parquer, mais ça n'a pas de sens parce que vous ne pourrez pas mettre un flic derrière chaque personne séronégative et l'empêcher de faire l'amour pendant trois mois…

Un murmure de réprobation naquit dans la salle, des insultes fusèrent : « Petite dinde ! » « C'est honteux… » « Pour qui elle se prend ? » « T'es médecin ? »

– Vous appelez ça « faire l'amour », mademoiselle ? Je ne sais pas ce que vous ont appris vos parents, mais moi j'appelle ça autrement; simplement, par respect pour l'auditoire, je préfère ne pas m'étendre là-dessus…

– T'es cinglée ou quoi?

Céline, saisie par le ton de l'invective, tourna la tête vers l'allée centrale et aperçut Bernard, livide, au côté de l'appariteur. Celui-ci profita de sa surprise pour lui arracher le micro. Elle jeta un regard autour d'elle, ne rencontra qu'hostilité et mépris.

– Il vaudrait mieux sortir, mademoiselle, ordonna l'appariteur. Elle sentit qu'il agrippait son bras, ses jambes cognèrent des genoux, l'accoudoir d'un siège, et, dans un bourdonnement de réprobation, elle entendit l'animateur demander, tandis qu'on l'expulsait sans ménagement:

– Monsieur au premier rang, une question?

– Mais t'es cinglée ou quoi?

Bernard frappa le volant de la Kangoo des deux mains, passa des doigts fébriles dans ses cheveux.

– Tu réponds quand je te parle? T'es cinglée ou quoi? Ne me dis pas que tu ne l'as pas fait exprès, je te connais trop…

Céline avait résolu de ne rien dire. Son oncle l'avait happée sur la place du village, devant l'hôtel de ville, après une dernière photographie des officiels, et l'avait entraînée dans la voiture, à l'abri des regards, probablement pour éviter un esclandre. Trop tard, elle avait vu, de l'autre côté de la place, un groupe d'une trentaine de manifestants silencieux munis de banderoles, qu'un imposant dispositif de sécurité empêchait d'approcher de l'hôtel de ville.

– C'était un tissu de conneries. Contre le préservatif, parce que c'est dégradant pour les jeunes et la morale ! Pour le dépistage systématique, parce que ça permet de trier les malades et de rêver à une race pure, débarrassée de ses déchets ! Mais on est où, là ?

– On est à Sollières, Céline ! hurla Bernard en stoppant la voiture sur le bas-côté de la route. On est à Sollières, pas à Paris ! On est dans la France profonde, dans le pays réel, pas dans les salons des intellectuels ! Et moi j'habite ici, et je travaille ici, et je travaille pour la mairie, je couvre les réceptions, les conseils municipaux, les mariages, les inaugurations, tout, quoi ! Et tu viens me foutre un bordel pareil devant toute la ville, en présence du maire ? Mais t'es folle, ma fille, faut te calmer ! Sinon tu rentres chez toi à Paris vite fait. Tu te rends compte de ce que les gens vont dire ? Heureusement encore que tu n'es pas venue avec moi, là j'étais cuit...

– Autant que je rentre à pied, alors… lâcha Céline en cherchant la poignée sur la porte latérale, mais avant qu'elle ait pu la trouver, Bernard avait verrouillé automatiquement les portes avec une commande centrale.

– Non, tu ne te tires pas comme ça, c'est trop facile. J'attends une explication.

– Une explication ? Mais quelle explication il te faut ? Je suis censée faire quoi : entendre un tel tissu de conneries fascistes et rester là à baver d'admiration, comme tous ces connards ? Pourquoi pas prendre des notes, aussi, pendant que tu y es ?

– Je te signale que Delestre est professeur à l'Académie de médecine, et que tu n'es pas…

– Qu'est-ce que ça peut me foutre, s'il sort des conneries bonnes pour un café du Commerce ? Des professeurs à l'Académie de médecine, il devait y en avoir aussi sous Pétain…

Bernard se raidit, et un instant Céline crut qu'il allait la frapper. Puis, comme elle était venue, cette impression se dissipa. Bernard s'affaissa dans son siège, secoua la tête d'un air dégoûté.

– Après ce qu'on a vécu, franchement, tu ne manques pas d'air… Comme épaule secourable, tu te poses un peu là…

– Attends, non, ne dis pas ça. Ça n'a rien à voir. Je suis désolée, mais ça n'a rien à voir.

– Ça a tout à voir. Je n'ai plus rien, plus rien que mon boulot. Ça m'évite de penser. Et tu voudrais aussi gâcher ça ?

Céline ne répondit pas. Il n'y avait rien à répondre.

Pendant la nuit, un orage avait éclaté, trop lointain pour apporter un peu de fraîcheur sur Sollières. Lorsque Céline poussa les volets de sa chambre, le jardin était aussi sec que la veille. Pas une goutte de pluie n'était tombée depuis plus d'un mois maintenant, disait tante Sylviane, en prédisant que ça ne pourrait pas durer indéfiniment sans risque d'incendie dans la garrigue environnante. Elle tendit le cou pour apercevoir le garage, s'assurer que Bernard était parti. Il l'avait déposée devant la maison la veille peu avant minuit, sans plus dire un mot, et avait continué jusqu'à son magasin, où il avait développé les photographies de la soirée, avant de rentrer vers 3 heures, comme l'orage tonnait sur les collines.

Céline traversa la chambre de Julien, passa de l'eau sur son visage, s'observa un moment dans la glace au-dessus du lavabo.

– Ils ont dû me prendre pour une dingue, murmura-t-elle pour elle seule.

À quoi avait servi son esclandre la veille au

soir ? Qui aurait-elle pu convaincre ? Ils étaient tous si sûrs de leur bon droit, de leur appartenance à la race des élus. Le sida, ce n'était pas leur affaire ; au fond, tout ce qu'ils désiraient, c'est se retrouver en groupe pour se rassurer sur leur normalité. Elle n'avait pas remarqué, à son arrivée, le dispositif de sécurité mis en place autour de l'hôtel de ville, pour filtrer les éventuels gêneurs. Bernard l'avait déposée sur la place, était parti se garer sur le parking réservé au personnel municipal. Sur le moment, elle n'y avait pas prêté attention. Mais après l'esclandre d'hier soir, beaucoup de souvenirs remontaient à la surface, des souvenirs amers qu'elle avait, par respect et affection pour lui, ensevelis sous un voile d'oubli pendant des années. Comme cette passe d'armes dans le salon, l'année précédente, à laquelle Julien avait assisté sans mot dire, comme si cela ne le concernait pas, comme si cela se jouait dans un autre monde. Bernard venait de rentrer du magasin, il devait être 18 heures. À l'époque, ses affaires n'allaient pas bien, certainement pas aussi bien que maintenant. Il roulait dans une vieille CX pourrie, courait les mariages le week-end pour faire subsister sa famille. Céline était assise dans le canapé du salon quand il était entré. Il avait salué à la cantonade, avait jeté une cartouche de cigarettes et un paquet de journaux sur la table basse, tout en tournant son attention vers la cassette que Julien avait rapportée du vidéoclub en milieu d'après-midi :

– Vous êtes pas sympas. Vous auriez pu m'attendre. Je croyais qu'on se faisait deux films ce soir… C'est quoi, ça, c'est le film avec Sean Connery ?

Tandis que Julien s'excusait mollement, Céline avait attrapé les journaux, en avait déplié un. *Le Courrier de Sollières* paraissait le mercredi et rendait compte, commune par commune, de tous les événements marquants de la semaine. Pas une sortie de route en retour de discothèque, pas un accident de tracteur, pas une remise en état de clocher n'échappait à la vigilance des journalistes du *Courrier de Sollières*. Elle avait reposé le journal local avec un soupir, s'était saisie d'un autre hebdomadaire. En couverture, un ancien ministre socialiste apparaissait sous les traits d'un vampire, les yeux injectés de sang, le profil lourdement caricaturé à la manière des dessins antisémites de la presse collaborationniste pendant la Seconde Guerre mondiale. Céline brandit le magazine sous le nez d'oncle Bernard en simulant un violent haut-le-cœur. Celui-ci l'avait regardée un moment, comme s'il ne comprenait pas de quoi il s'agissait, puis avait choisi de prendre le parti de la rigolade :

– Tu as un problème ? Tu aurais préféré que je te ramène *L'Humanité* ?

– Non attends, je rêve… Tu achètes ça…

Elle lut au hasard : « *Pourquoi reprocher aujourd'hui à Jean-Marie Le Pen, leader politique français d'envergure, son amitié avec Franz Schonhüber, au prétexte que ce dernier a fait la guerre au sein de la SS ? À l'heure où l'on prône la réconciliation entre les nations européennes, quel lobby du "politiquement correct", du "Shoah-business", ose ainsi s'immiscer dans les relations fraternelles entre ces deux hommes ?* »

– Mais pour qui te prends-tu, ma petite ? La police de la pensée ? D'où tiens-tu le droit de décider de mes lectures ?

– C'est un journal dégueulasse… avait simplement énoncé Céline, ce à quoi, haussant les épaules et passant à autre chose, oncle Bernard avait rétorqué :

– Tous les journaux sont dégueulasses…

Sylviane avait minimisé l'incident, à son habitude. Julien n'avait fait aucun commentaire. Et la bonne conscience apparente de Bernard, son refus de voir dans leur altercation autre chose qu'une prise de bec sans conséquence, avait si bien désarçonné Céline, qu'elle n'avait pas poursuivi plus avant la conversation. Son oncle, le mari de la sœur de maman, collectionnait des revues plus ou moins ouvertement fascistes. Où était le problème ?

Par deux fois ce jour-là, Céline avait poussé jusqu'à l'agence de voyages en centre ville pour étudier les horaires des cars, et des trains pour Paris. Par deux fois, elle avait rebroussé chemin au dernier moment, refusant de s'avouer vaincue. Elle était descendue dans le Sud avec une raison, un but, et ne se laisserait pas décourager aussi rapidement, même si, après ces quelques jours à fouiller ici et là, elle n'avait toujours aucune piste tangible. Elle avait arpenté la ville de long en large, retournant jusqu'au bar où elle avait rencontré Sandra, cherchant la jeune fille blonde sans oser se l'avouer. En passant devant la piscine, elle se remémora ce qu'avait dit Sandra, que c'était le repaire de tous les cakes et de toutes les cagoles du coin. Et effectivement, une belle brochette se prélassait sur la pelouse, entourée de bouteilles de bière et d'huile solaire.

– Eh, mademoiselle, mademoiselle… la héla quelqu'un de l'autre côté du grillage.

Surprise, elle tourna la tête vers la piscine. Deux abrutis se collèrent contre la palissade, mimant de grands coups de reins dans le vide.

– Bande de connards ! hurla-t-elle en stoppant net sur place et en leur faisant face. Bande de minables connards dégénérés ! Sacs à merde !

Déconcertés par la violence de sa réponse, les deux garçons s'immobilisèrent, puis battirent en retraite en se rassurant mutuellement pour éviter les quolibets de leurs camarades :

– Non, mais attends, si on peut plus rigoler... Elle a aucun sens de l'humour.

– Laisse tomber, c'est une Parisienne, elle sait pas ce qui est bon...

Céline se détourna, reprit sa marche en s'efforçant de ne pas hâter le pas. Le sang bouillonnait entre ses tempes, ses dents serrées lui faisaient mal. Elle attendit d'être arrivée au bout de la rue pour porter la main à ses lèvres. Elle les haïssait, elle les détestait. Si elle avait eu une arme, elle leur aurait volontiers fourré le canon sous le nez pour jouir de leur stupéfaction horrifiée avant de leur faire sauter le caisson. À la *Reservoir Dogs*...

Pour une fois, les journalistes du *Courrier de Sollières* auraient eu de quoi faire la une du journal, autre chose que le concours du balcon le plus fleuri de la ville ou le nouveau tailleur de la femme du maire... Et comme cette idée traversait son esprit, dessinant un pâle sourire sur ses lèvres, elle ralentit l'allure, envahie par le sentiment de passer à côté de quelque chose, de ne pas...

– Je suis une conne... lança-t-elle soudain, une vraie conne!

Une vieille femme habillée de noir changea de trottoir en serrant son cabas contre sa poitrine.

La salle de lecture de la bibliothèque municipale était presque vide. Céline se dirigea vers le comptoir central, un grand bureau en bois de teck sur lequel trônaient une demi-douzaine d'ordinateurs flambant neufs. Personne pour l'accueillir. Elle fit quelques pas entre les tables, découvrit un jeune homme d'une vingtaine d'années occupé à sortir des livres des rayonnages.

– Excusez-moi. Vous pourriez me renseigner? Je recherche les archives du journal local...

– Ah j'en sais rien, je peux pas vous aider, je suis pas bibliothécaire.

– Ah... et où est-ce que je peux le trouver?

– La trouver. C'est une femme. Mais vous pourrez pas la trouver parce qu'elle a démissionné.

– Démissionné?

– Je vous dis ce que je sais, hein...

– Mais qui s'occupe de la bibliothèque, des livres?

– La mairie. Les horaires d'ouverture restent les mêmes. Et moi je garde la boutique jusqu'à ce qu'on embauche quelqu'un d'autre.

– Et vous ne pouvez pas m'aider?

– Ben j'en sais pas plus que vous, et j'ai un boulot à faire, là. Je crois que ça doit se trouver dans le salon de lecture, dans le fond, près des plantes vertes, là-bas.

– Vous ne pouvez pas être plus précis?

– Ben non, je suis désolé. C'est pas mon boulot, voyez. Mon boulot, c'est nettoyer les espaces verts, normalement. C'est pour ça que je m'occupe bien des plantes.

– Bon... merci.

Céline suivit les vagues instructions de l'homme, pénétra dans le salon de lecture désert, fouina jusqu'à trouver, dans un grand classeur en toile bleue, la collection des derniers numéros du *Courrier de Sollières*. Elle s'assit dans un des fauteuils destinés aux enfants, s'enfonçant presque jusqu'au sol, et ouvrit le classeur. Le premier numéro datait du mois de mars. Elle le feuilleta lentement, s'appliquant à lire chaque titre de rubrique, s'attarda longuement sur le catalogue des animations locales:

Samedi 17, championnat régional de philatélie organisé par le club philatélique de la MJC.

Dimanche 18, randonnée : une demi-journée en forêt de Sollières avec les Amis des sentiers ; volley-ball : l'US Sollières reçoit TA Rennes, championnat de France Nationale 3.

Mercredi 21, ramassage des encombrants ; concours de pétanque organisé par Lou Pitchou...

Arrivée en bas de la page, elle se demanda si c'était vraiment une bonne idée. Mais elle n'en avait pas d'autre. À moins de retrouver Sandra, le seul moyen d'approcher les amis de Julien pour recueillir leurs témoignages était d'en passer par ce déchiffrage minutieux des animations locales. Bernard le lui avait dit, le premier soir, dans la voiture, au retour du supermarché : Devielle avait monté un groupe de jeux de rôle à l'intérieur même d'une salle municipale. Les séances de jeu, les tournois, Céline ne savait pas comment les appeler, devaient bien être annoncés quelque part. Pourquoi pas dans les petites annonces locales du *Courrier de Sollières* ?

Près d'une heure avait passé lorsque Céline aborda le début du mois de juin. L'esprit encombré de fêtes de quartier, de cérémonies patriotiques et de journées d'information sur les retraites, elle n'avait pas prêté attention aux nouveaux arrivants.

– La clef du débarras a été changée ? demanda une voix de femme.

– Effectivement. Par mesure de sécurité. Mais nous ne sommes pas là pour discuter, madame Prévost. Vous avez cinq minutes pour vider le bureau et récupérer vos affaires.

– Mais pour qui vous prenez-vous ? J'ai travaillé dans cette bibliothèque pendant huit ans…

– Épargnez-moi vos faits d'armes, madame Prévost. J'ai une réunion en mairie dans vingt minutes.

– Vous êtes vraiment…

La femme ne termina pas sa phrase, et Céline l'entendit ouvrir avec fracas un tiroir de bureau. Enfoncée dans les coussins du salon de lecture, elle tenta de se concentrer sur la page devant elle, dut relire trois fois les quelques lignes en bas de colonne pour comprendre qu'elle venait de trouver ce qu'elle cherchait.

*Samedi 5 et dimanche 6, salle Alexis-Carrel – anciennement Jorge-Semprun –, MJC : tournoi de jeux de rôle, autour de deux scénarios inédits (*Donjons et Dragons, L'Appel de Cthulhu*). Les candidatures sont à adresser par voie postale à René Devielle, au magasin la Compagnie de Mordor, ou à Yannick Cellier, rue du Palan, Falguières.*

Céline fouilla dans une poche arrière de son

jean, en sortit un ticket de métro sur lequel elle griffonna l'adresse. L'altercation avait repris de l'autre côté des rayonnages.

– En huit ans je n'ai jamais été traitée de la sorte...

– Il faut un début à tout, madame Prévost. Vous avez profité longtemps du laxisme de nos prédécesseurs, il fallait bien vous douter que tout cela aurait une fin...

– Vous êtes un malade, Teilhard, un vrai malade. Maintenant que vous m'avez poussée à bout, qui engagerez-vous pour tenir cette bibliothèque ?

– Ne vous inquiétez pas, on trouvera bien...

– Non, vous ne trouverez pas, pas un bibliothécaire compétent, en tout cas. Aucun professionnel n'acceptera de travailler dans une telle atmosphère de censure...

– Censure ? je vous conseille de surveiller votre langage, madame Prévost, surtout avec vos petits amis des journaux, ou la mairie pourrait se trouver contrainte à porter plainte pour diffamation. Avons-nous jamais retiré un ouvrage des rayonnages ?

– Non, vous êtes bien trop malins pour ça, mais je ne suis pas dupe. Vous avez envoyé vos sbires dégrader les ouvrages qui ne vous plaisaient pas, pour les rendre inutilisables. Et vous m'avez interdit de les remplacer.

– La sécurité de cet endroit était de votre ressort, madame Prévost, si je ne m'abuse. Je n'aurais pas pu poster un agent de la police municipale jour et nuit dans la bibliothèque, d'autant que vous et vos amis auriez crié à l'ingérence fasciste dans un lieu de culture…

– Vous ne l'emporterez pas au paradis, vous savez, tout chargé de communication que vous soyez. Les gens se rendront compte de ce qui se passe ici.

– Mais de quoi voulez-vous parler?

– C'est inqualifiable, ce que vous avez fait. Depuis des mois, toutes mes demandes d'achat sont passées au crible, systématiquement refusées par la mairie…

– Je suis désolé, c'est la procédure administrative usuelle, madame Prévost, dans toutes les mairies de France. J'aurais pensé qu'en tant que professionnelle, comme vous le faites remarquer, vous seriez au courant. La mairie vise les listes d'achat et vérifie l'adéquation des choix du bibliothécaire…

– C'est faux, archifaux. Mon rôle, c'est de choisir les livres en fonction du public, de sa demande, de mes lectures, en fonction de grilles d'analyse… Le rôle de la mairie devrait se borner à vérifier le budget…

– Mme l'adjointe à la Culture française a une vision moins restrictive de son rôle, vous ne pouvez pas lui reprocher cette haute conception de sa fonction…

– Mme… la femme du maire, vous voulez dire ? Mais qu'est-ce que vous me chantez ? Quelle formation a-t-elle pour juger du bien-fondé de mes commandes, pour rayer de ma liste des livres pour enfants sous prétexte que la maison d'édition ne lui plaît pas, ou que nous avons déjà, si j'ai bien compris, trop de contes africains ?

– Effectivement, je l'avais remarqué, vous avez une tendance marquée pour l'exotisme tropical… Contes du Mahgreb, contes d'Afrique australe, contes aborigènes… Nous avons simplement procédé à un rééquilibrage, pour défendre une identité française…

– Une identité française ? Vous vous foutez de moi ? Tout ce qu'elle a commandé depuis son arrivée, c'est la collection complète de *Oui-oui* et du *Club des cinq*…

– Vous me faites perdre mon temps, madame Prévost. Si vous avez des aigreurs d'estomac, adressez-vous aux prud'hommes…

Céline se leva, marcha lentement jusqu'au bureau de la bibliothécaire. Une belle femme brune d'une quarantaine d'années, vêtue d'un tailleur, tentait d'équilibrer sous chaque bras un carton plein de diverses bricoles, sous le regard condescendant d'un homme aux cheveux courts que Céline reconnut immédiatement. Il avait présenté la soirée sur le sida deux jours auparavant, et elle venait de le voir à plusieurs reprises dans les pages du *Courrier de Sollières*, gravitant autour du maire, généralement accompagné d'une garde rapprochée de jeunes skins tout en muscles, l'élite intellectuelle du parti, sans aucun doute. Comme Céline débouchait du salon de lecture, ils se tournèrent un instant vers elle, probablement surpris que leur différend ait eu un témoin. L'homme se raidit, et avant qu'il ait pu ouvrir la bouche, Céline s'était approchée de la bibliothécaire.

– Je peux vous aider à porter vos cartons ?

– Volontiers. Je vous remercie…

– Pour une surprise… susurra l'homme avec mépris.

– Vous avez un problème ? dit Céline en se plantant droit devant lui.

Teilhard se renfrogna, secoua la tête d'un air entendu.

– J'aurais dû m'en douter. Vous n'étiez pas là

par hasard l'autre soir. Qui se ressemble s'assemble... C'était bien joué, je dois dire...

– Qu'est-ce que vous racontez? demanda la bibliothécaire. Je ne connais pas cette jeune fille...

– Ne vous inquiétez pas, madame, dit Céline en la soulageant d'un carton. Monsieur fait juste un accès de paranoïa aiguë. C'est assez fréquent dans ce genre de pathologie.

– Bon vent! hurla l'homme quand elles sortirent sur l'esplanade de la médiathèque.

Derrière elles, elles entendirent un raclement de gorge, et un mollard épais vint s'écraser sur le sol à quelques centimètres de leurs chaussures.

– Vous êtes dans la région depuis un moment?

– Je suis arrivée il y a bientôt une semaine, répondit Céline, en reposant son Coca sur la table du bar.

Elle avait aidé la bibliothécaire à porter ses affaires jusqu'à sa voiture, une Twingo bourrée de valises et de cartons de déménagement, et avait accepté un verre en remerciement.

– Vous passez l'été ici?

– Non, non, je compte remonter à Paris d'ici une ou deux semaines. Mais je connais le coin. J'ai de la famille par ici.

– Pourquoi Teilhard vous a-t-il prise à partie

comme ça dans la bibliothèque ? Vous l'avez déjà rencontré ?

– Il y a deux jours, à la mairie... Il présentait une conférence-débat sur le sida avec un professeur de médecine spécialement venu de Paris...

– Attendez... c'est vous qui avez fait un esclandre pendant leur meeting ?

– Si on veut, oui... Enfin j'ai juste posé une ou deux questions qui ne leur ont pas plu...

– Qui ne leur ont pas plu ? Vous voulez rire ! Les couloirs de la mairie ne bruissent plus que de ça ! Le maire est furieux ! Vous avez gâché plus que sa soirée. Le Pr Delestre a été vexé comme un pou par votre intervention, il a écourté le débat prévu pour durer jusqu'à 23 heures ce soir-là. Teilhard était chargé de la sécurité, il s'est fait passer un savon...

– Comment vous savez tout ça ?

– N'imaginez pas que tout le monde à la mairie soit passé à l'extrême droite. Ils ont beau licencier à tour de bras tous ceux dont la tête dépasse, il me reste quelques copains à l'intérieur, des secrétaires, des agents d'entretien...

– Et vous, pourquoi avez-vous démissionné ?

Mme Prévost ne répondit pas tout de suite. Elle sortit un paquet de cigarettes de sa poche, joua nerveusement avec son emballage en cellophane.

– J'essaie d'arrêter de fumer, dit-elle. C'est ma bonne résolution pour l'été... Pourquoi j'ai démissionné ?... Vaste question. Quand le maire a été élu, il a licencié une grande partie des gens avec qui je travaillais depuis des années. Les permanents des associations, les éducateurs sociaux, tous les gens qui faisaient vivre la culture et le social dans la ville... Du jour au lendemain, on s'est retrouvés isolés à la bibliothèque. Même les liens avec les collèges, avec les lycées se sont distendus. Le maire refusait les transports en car, les sorties prévues conjointement, sous prétexte de sécurité et de rigueur budgétaire. Nous avions préparé une visite du mémorial d'Izieu avec le lycée Georges-Brassens, le maire a réussi à la faire annuler... J'aurais des dizaines d'exemples comme ça. Mais moi, j'avais décidé de ne pas me laisser abattre, je pensais qu'ils ne pouvaient pas m'atteindre, qu'il fallait résister sur place. Alors ils m'ont eue par un travail de sape méthodique, en critiquant mes achats, vous l'avez entendu, en envoyant leurs sbires dégrader en douce les livres qui ne leur plaisaient pas. Des pages manquaient, toutes les photographies ou illustrations montrant des Africains, des Arabes, étaient arrachées dans les livres de géographie, dans les documentaires... Dans le même temps, la mairie m'imposait de m'abonner à des revues d'extrême droite, de me désabonner aux quotidiens qui ne leur plaisaient pas, sous prétexte d'un rééquilibrage. Je voyais arriver directement de la mairie des cartons entiers de livres sur Pétain, sur Darnand, le fascisme vu de droite, les Jeunesses hitlériennes... Tout ça couvert par un discours sur le pluralisme démocratique, le devoir de neutralité... C'est devenu invivable pour moi, j'étais l'objet de brimades, de menaces administratives voilées. J'ai envoyé une lettre aux journaux régionaux, pour avertir la population de ce qui se passait. Dans la semaine qui suivait j'avais droit à un courrier en recommandé me rappelant le devoir de réserve auquel j'étais soumise en tant que fonctionnaire. J'étais accusée de faire disparaître des documents, de ne pas faire correctement mon travail... Ma détermination a vacillé, c'était trop dur. Et je me suis dit, à un moment, qu'en restant, je leur permettais de montrer au monde extérieur une façade de normalité, qu'en démissionnant, qu'en alertant la presse, les médias, sur ce qui se passait à la bibliothèque de Sollières, je pourrais dénoncer leur système. Parce qu'il est clair qu'après mon départ dans ces conditions, ils ne trouveront jamais une bibliothécaire diplômée pour exercer dans cette ville. Ils mettront qui ils veulent à mon poste, mais ils ne pourront plus faire semblant que tout fonctionne normalement…

– Mais si tout le monde s'en va…

– Oui, je sais bien… mais c'est très joli de voir ça de Paris et de dire : il faut rester, camarades, il faut résister à la bête immonde… Mais qui vient nous soutenir ? Un ou deux ex-ministres, en période électorale, ça fait toujours bien de venir lever le poing contre les fascistes derrière les banderoles des militants locaux. Mais ça ne suffit pas. Et moi je n'en peux plus. Tous mes copains ont été virés, d'une façon ou d'une autre…

– Vous connaissiez René Devielle ?

– Devielle, de la Compagnie de Mordor… Oui, c'était un drôle de type…

– Comment ça, un drôle de type ?

– Quand il est venu me voir la première fois, pour me parler de son magasin, de ses tournois de jeux de rôle, tout un tas de petits clignotants rouges se sont allumés dans ma tête. Je ne connaissais pas les jeux de rôle, je savais juste ce qu'en disait la presse, et franchement ça ne m'inspirait rien qui vaille, ça faisait très « secte » avec ces histoires de maître du jeu, de réincarnation, etc. Et puis j'ai vu arriver certains des jeunes qui jouaient dans ces tournois, je les ai vus plonger dans des bouquins d'histoire médiévale, me demander s'il existait un journal de bord de telle ou telle expédition antarctique du début du siècle, ou quand a eu lieu la catastrophe de Toungouska en Sibérie… Je n'ai jamais joué chez Devielle, mais j'ai vu ces jeunes joueurs, j'ai parlé avec eux, j'ai senti quel enthousiasme et quelle intelligence ils mettaient en œuvre pour progresser dans leurs parties… et ça m'a fait voir les choses autrement. Jusqu'à cette histoire de suicide d'un joueur, au printemps dernier. On n'a jamais su le fin mot de l'histoire, mais c'est vrai que ça a jeté un froid. Et en période électorale, l'équipe actuelle en a profité pour mettre en avant les liens entre les éducateurs de la mairie et Devielle, en lui imputant plus ou moins directement la responsabilité du suicide de Julien…

– Vous le connaissiez, ce Julien ?

– Oui, un peu, c'est le fils… c'était le fils, devrais-je dire… du photographe. Celui qui a un magasin dans la rue en pente près de l'église. Un type plutôt sympathique, mais après la mort de son fils, il en a voulu à tout le monde, et le maire l'a complètement récupéré.

– Récupéré ?

– Il travaille pour eux, maintenant. Il s'occupe de la mise en page du journal de la mairie, des tracts et affiches du maire, il est devenu le photographe officiel de toutes les cérémonies… Ils l'ont récupéré.

La bibliothécaire jeta un œil à sa montre, sortit quelques pièces de sa poche pour régler l'addition.

– Je suis désolée, je n'ai pas vu passer l'heure. Il faut encore que je passe à France Télécom pour résilier mon abonnement avant 17 heures…

– Je vous raccompagne, dit Céline.

Elles marchèrent jusqu'à la Twingo, dans laquelle la bibliothécaire s'engouffra. Elle ouvrit les vitres pour faire circuler l'air dans l'habitacle surchauffé, fit un petit signe à Céline et démarra.

– Bonne chance, cria Céline.

– Pardon ?

– Bonne chance pour la cigarette !

Tante Sylviane était sortie au marché. Céline tapota sur le Minitel, attendit nerveusement que la connexion s'établisse, puis pianota sur le clavier. Il n'y avait pas de Yannick Cellier à Falguières, une petite bourgade environnante, dans l'annuaire électronique, mais un Raymond Cellier, et une Yolande Cellier. Au hasard, et parce que les deux prénoms commençaient par un Y, Céline choisit d'appeler le second des deux numéros. Une voix répondit, une voix masculine, mais curieusement haut perchée, peut-être un enfant.

– Pourrais-je parler à Yannick Cellier s'il vous plaît ?

Un silence, si long que Céline fut persuadée de s'être trompée, commença à chercher une manière de s'excuser avant de raccrocher, puis la voix répondit, mal assurée :

– C'est moi.

– Ah… Excusez-moi de vous déranger, j'ai eu votre adresse par un ami. René Devielle…

Céline serra les dents, espérant que le mensonge passe. Son interlocuteur ne broncha pas.

– J'habite en région parisienne, je suis dans la région pour les vacances, et je cherche un groupe de jeux de rôle, il m'a dit de m'adresser à vous.

– Ah, oui ! Mais vous avez déjà joué ?

– Oui, oui. Quelques fois.

– Et vous voudriez intégrer une partie en cours ?

– Si c'est possible. Je ne voudrais pas vous gêner.

– Non, non, pas du tout. Ce n'est pas ça.

Derrière l'acceptation de principe, Céline sentait une réticence, une inquiétude.

– Je suis très disponible. Je peux jouer aussi bien dans la journée que le soir, comme ça vous arrange.

– Oui, oui, ce n'est pas le problème. Vous jouez dans quel univers ?

Céline hésita un instant.

– Oh, ça dépend, *Donjons et Dragons*, *L'Appel de Cthulhu*, mais je suis prête à essayer quelque chose de nouveau…

– Nous avons… j'ai une partie de *L'Appel* en cours, dans laquelle on pourrait intégrer un nouveau personnage. Éventuellement.

– Éventuellement ?

– Il faudrait que je consulte mes joueurs, pour avoir leur accord, reprit la voix, que Céline ne réussissait toujours pas à placer.

Adulte, enfant, adolescent ?

– Je comprends bien. Vous êtes le maître du jeu ?

– Oui, je suis le Gardien des Arcanes, la corrigea Yannick Cellier.

– Bien sûr, bien sûr… C'est l'habitude de jouer à *D&D*, lança-t-elle pour corriger sa bévue.

– Et vous avez déjà un personnage ?

Céline se mordit la lèvre, toussa pour gagner du temps.

– Oui. Une journaliste, une journaliste américaine d'une vingtaine d'années, Patricia Cornwell… Elle travaille près de Boston, dans un journal local… elle enquête sur tout ce qui sort un peu de l'ordinaire, les disparitions, les choses comme ça…

– Elle a beaucoup d'expérience ?

– Euh... oui, oui ! Elle a beaucoup roulé sa bosse.

– Combien a-t-elle en Santé mentale ?

– Je ne me souviens plus bien, répondit Céline, qui ne savait pas si son interlocuteur était réellement intéressé par ce qu'elle disait, ou s'il essayait de la tester. Je crois qu'elle a 16.

– Ah non ! ça ce n'est pas possible, ou alors elle est vraiment très atteinte. Par contre, si elle a un Pouvoir de 16, ça lui fait 80 au départ en Santé mentale.

– Oui, bien sûr, c'est ça...

– Et au cours de ses expériences, elle a dû perdre quelques points.

– Oui, elle est à... 65, maintenant.

– Oui, effectivement. Écoutez, sur le principe, je n'y suis pas opposé, au contraire, mais il faut que je demande l'accord des membres du groupe.

– Ce n'est pas le Gardien des Arcanes qui décide ?

– Non, bien sûr que non. C'est une décision collective. C'est trop important pour que je choisisse tout seul. On a déjà eu des problèmes une fois en acceptant des gens de l'extérieur, alors on fait attention maintenant.

Céline sentit son interlocuteur tendu, mal à

l'aise. Il faudrait revenir sur cette information, mais ce n'était pas le moment.

– Quand puis-je vous rappeler ?

– Le mieux serait que je m'en charge, répondit Yannick Cellier. Vous avez un numéro de téléphone où je peux vous joindre ?

– Ah non, malheureusement. Je vous appelle d'une cabine. Mais je peux rappeler quand vous voulez.

Il y eut un long silence, puis :

– Eh bien rappelez-moi demain vers midi. Nous avons une partie prévue pour demain soir, justement. Vous pouvez vous déplacer jusqu'à Falguières ?

– Oui, je trouverai un moyen.

– À demain, alors.

Céline reposa le combiné, laissa échapper un soupir. *Ça passe ou ça casse*, songea-t-elle.

Bernard n'avait fait aucune référence à leur dispute de l'avant-veille pendant le dîner. Pourtant Céline l'avait senti tendu, énervé. Avait-on fait le lien en mairie entre le photographe officiel et la jeune trouble-fête qui avait importuné en public le Pr Delestre ? Céline n'osait pas poser la question, mais à voir le regard sombre de Bernard, c'était bien possible. *De toute façon, je ne vais pas faire de vieux os ici*, se dit-elle. *Dès que j'aurai pu parler à ce Yannick et à Sandra, si je la retrouve..., je file.* Elle aida Sylviane à débarrasser, tandis que Bernard, enfilant une veste en toile bourrée de poches, lançait à la cantonade:

– Bon, à plus tard. Il faut que je retourne au magasin changer les bacs de la développeuse...

– Mais, chéri, je croyais que ce soir...

– Je n'y peux rien, qu'est-ce que tu veux... En plus, j'ai du boulot en retard sur la maquette du journal municipal, j'en profiterai pour m'avancer un peu.

Sylviane ne répondit pas, retourna à sa machine à laver la vaisselle. Quand la porte eut claqué, elle s'adossa à l'évier, secoua la tête d'un air désabusé, ramena d'une main une mèche rebelle en arrière. À des instants comme celui-ci, quand elle sortait un peu de la torpeur qui semblait la submerger depuis la mort de Julien, elle ressemblait furieusement à Maman.

– Je ne sais pas combien de temps ça peut durer comme ça, dit-elle sans regarder Céline. Bientôt il dormira là-bas. Parfois je me demande s'il n'a pas une maîtresse...

Céline continua de ranger les assiettes dans le lave-vaisselle, sans relever la tête.

– Si c'est le cas, je préférerais qu'il me le dise

clairement. J'ai horreur de passer pour une conne. Excuse-moi de te parler de tout ça, mais…

– Non, non, ça ne me gêne pas du tout… Je veux dire… tu peux me faire confiance, tu sais…

– Je sais, sourit Sylviane, un premier vrai sourire depuis plusieurs jours. C'est juste que… Rien n'est plus comme avant. J'ai perdu mon fils, et maintenant je suis en train de perdre mon mari.

– Tu sais, je crois qu'il a vraiment beaucoup de travail. Entre le magasin et la mairie…

– La mairie ! Parlons-en de la mairie ! Je vais finir par croire qu'il couche avec le maire, il est toujours fourré dans son bureau. Chaque fois que je lui en fais le reproche, il me répond que c'est bon pour nos finances. Mais à quoi bon ? À quoi bon entasser de l'argent si on n'a plus de vie ?

Céline détacha avec soin une feuille de personnage de son gros livre de règles de *L'Appel de Cthulhu*, la posa sur le bureau devant elle, et crayonna le nom qu'elle s'était choisi : Patricia Cornwell. Lentement, se référant au manuel à chaque hésitation, elle commença à remplir les cases du document, lançant plusieurs fois un dé qu'elle avait retrouvé dans un vieux Monopoly oublié dans la cave. Force, Constitution, Dextérité, Santé mentale, Points de vie… Elle relut plusieurs fois le paragraphe consacré aux différentes professions avant de répartir les points obtenus dans les différentes compétences inscrites sur la feuille: Anthropologie, Archéologie, Astronomie, Botanique, Camouflage... Tout cela semblait si irréel, si pesant... Quel plaisir pouvaient-ils trouver à colliger cette interminable succession de chiffres? Jamais elle n'arriverait à jouer son rôle devant Yannick Cellier et ses joueurs. Jamais elle n'arriverait à leur faire croire qu'elle avait déjà joué, si elle devait mémoriser ce fatras de règles et de chiffres. Elle aurait bien aimé disposer d'une stratégie de rechange, mais il n'en existait aucune.

– Je vous présente Céline, qui joue Patricia Cornwell...

– Patricia Cornwell, attends, c'est le nom de cette femme qui écrit des polars, c'est bien ça?

– Oui, répondit Céline. C'est un nom qui sonne bien...

– Tu veux peut-être nous présenter Patricia? suggéra Yannick Cellier.

La pièce était sombre. Dehors, le soleil était encore haut, mais les volets de la pièce avaient été fermés, les rideaux tirés malgré la chaleur. Deux bougies brûlaient sur des étagères, tandis qu'une unique lampe, couverte d'un tissu noir, dispensait une faible lueur dans la pièce. Sur la stéréo, une musique symphonique sinistre passait et repassait en boucle, tirée d'un quelconque film d'horreur. N'eût été le déballage de paquets de biscuits Lu et de canettes de Coca-Cola sur la table de jeu, Céline aurait trouvé l'environnement lugubre. Elle avait à peine entrevu le visage de Yannick à son arrivée. À l'extérieur, le soleil écrasait la garrigue autour de la maison familiale des Cellier, et le contraste entre la luminosité extérieure et l'obscurité régnant dans la vieille bâtisse avait aveuglé Céline. Ils avaient un peu discuté, de tout et de rien, dans la pénombre, jusqu'à l'arrivée des autres membres du groupe. Pascal, un petit brun avec de grosses lunettes de myope, Laurent, un type plutôt baraqué, vêtu d'un Perfecto, qui avait débarqué dans une invraisemblable Mercedes blanche avec des ailerons, Francis enfin, qui était arrivé en dernier avec un sac de congélation bourré de pizzas surgelées, qu'il avait déposé dans la cuisine avant de rejoindre le groupe.

– Est-ce qu'on est censé connaître cette Patricia Cornwell ? demanda Laurent.

– Oui, répondit Yannick. Dans une ville comme Arkham, vous connaissez probablement la plupart des journalistes locaux…

– Peut-être pourrait-on commencer par se présenter à elle... euh, comment tu t'appelles ?

– Patricia Cornwell...

– Non, ton prénom, ton vrai prénom.

– Céline.

– OK. Bon, moi, dit Laurent, je m'appelle Pendjab Morningdust, je suis d'origine indienne par mon père, comme mon nom l'indique. Un sang-mêlé. J'ai quarante-trois ans, je suis assistant dans le service paléontologie de l'université d'Arkham, où je réside dans une chambre du dortoir, dans l'aile B. Je n'ai pas beaucoup de contacts en dehors des collègues de l'université, parce que les habitants de cette petite ville ne sont pas habitués à rencontrer des Indiens...

– Tu veux dire que ce sont de foutus racistes, oui, coupa Francis.

– Je suis un simple hôte dans ce grand et merveilleux pays, Dr Crawford, je ne cherche pas à créer la polémique, mais à passer inaperçu, corrigea Laurent. Me permettez-vous de poursuivre ? Pour moi, tout a commencé en 1924, lors d'une partie de chasse au tigre près de la ville que vous nommez Bénarès...

Céline l'écouta raconter l'histoire de sa vie. Insensiblement, la dérision qu'elle dissimulait fit place à une forme d'admiration pour le sérieux avec lequel Laurent investissait son personnage, puis à un sentiment étrange… *N'oublie pas pourquoi tu es venue ici*, songea-t-elle. *Tâche de rester en éveil, ne te laisse pas berner…*

– Est-ce que l'un d'entre vous sait lire le chinois ? murmura Patricia Cornwell en passant la main sur les lourdes chaînes qui fixaient au sol l'énorme caisse en bois exotique qu'ils venaient de découvrir à l'arrière de l'entrepôt.

– Je sais dire Canard Laqué, et Potage Pékinois Piquant, dit Pendjab Morningdust d'un ton faussement naïf.

– Tu commences à nous fatiguer avec tes conneries, l'interrompit Tony Cafiosi. Nous avons déjà violé ce soir deux ou trois lois de l'État de New York, et je te rappelle que je suis libéré sur parole. Si ça ne tenait qu'à moi, je retournerai au trafic d'alcool, c'est moins dangereux que de travailler pour l'université d'Arkham.

– Vous payez votre dette à la société, Anthony, c'est tout à votre honneur, renchérit le Pr Armitage.

– J'inspecte la caisse, dit Pendjab Morningdust.

– Lance deux dés à dix faces, commanda le Gardien des Arcanes.

– 46, annonça Pendjab Morningdust. J'ai 68 en Trouver objet caché, si c'est ce que tu cherches...

– Non, non... murmura le Gardien des Arcanes en compulsant ses notes derrière un paravent orné d'un monstre glaireux et tentaculaire à souhait.

– Merde! gémit Tony Cafiosi en essuyant la crosse moite de son *luger* sur sa cuisse. Tu as dû déclencher un mécanisme caché...

– Eh, le parano, répondit Laurent, on est dans *L'Appel de Cthulhu*, pas dans *Donjons et Dragons*...

– Je peux avoir un peu de silence, s'il vous plaît? demanda le Gardien des Arcanes d'un ton agacé. Morningdust, tu approches ta torche de la caisse pour mieux déchiffrer les caractères orientaux gravés dans le bois. Tu n'arrives pas à les lire, bien entendu, mais tu remarques une étiquette arrachée sous une des lames de fer qui sanglent la caisse. Que fais-tu?

– Je la retire pour mieux la voir...

– Il y a marqué «Chandler Entreprises, Shanghai»...

– Chandler, répéta Morningdust d'un air sombre... Sortons d'ici immédiatement. Il nous faut absolument la pierre de Mnar.

– La pierre de quoi? demanda Patricia Cornwell.

– La pierre de Mnar. C'est une sorte de talisman, qui permet de tenir à distance les créatures maléfiques.

– Et vous ne l'avez pas sur vous?

– De crainte qu'elle ne nous soit volée, répondit Pendjab Morningdust. Ça a déjà failli nous arriver une fois.

– Mais où est-elle, alors?

– En sécurité, chez un de nos compagnons. Enfin, un de nos ex-compagnons.

– Ex?

– Philip Hayworth est mort. Il a été tué par les sbires de Chandler.

Au ton de voix de Laurent, Céline eut l'intuition qu'il était en train d'évoquer le personnage de Julien.

– Qu'est-ce que cela veut dire? Qui est ce Chandler?

– C'est une vieille histoire, mademoiselle Cornwell, coupa Tony Cafiosi d'un ton sec. Mais mieux vaudrait ne pas s'éterniser ici. Si Chandler est impliqué dans cette affaire, nous ferions mieux de prévenir…

Le Gardien des Arcanes frappa brutalement du plat de la main sur la table, et Céline laissa échapper un petit cri de surprise.

– Qu'est-ce que c'est? On nous tire dessus?

demanda Tony Cafiosi, son *luger* pointé vers l'immensité sombre qui les entourait.

– Non. Mais deux des lames de fer qui entouraient la caisse viennent de sauter, précisa Yannick Cellier en se penchant en arrière pour changer la plage musicale du CD. Les violons suraigus d'une musique de film de Hitchcock vrillèrent aux oreilles de Céline.

– Sortons d'ici, cria Patricia Cornwell. Sortons tout de suite…

– Mais comment ? Les vigiles doivent être revenus à leurs postes maintenant…

– Une volute de fumée bleuâtre s'échappe de la caisse entrouverte, susurra le Gardien des Arcanes.

– Mulder, Scully, au secours… gémit Laurent. Mais Pascal lui fit signe de se taire.

– Déconne pas, c'est pas le moment. Bon, moi j'arme mon fusil à pompe Mossberg et je m'éloigne de quelques pas tout en gardant la caisse en joue.

– Tout un côté de la caisse explose dans un jaillissement de métal et d'échardes de bois…

– Santa Madonna ! hurla Tony Cafiosi en se signant d'une main, tandis que de l'autre il ouvrait le feu sur l'abomination cauchemardesque qui se déployait devant eux.

– Un tentacule se déroule lascivement, cherchant une première victime, continua le Gardien des Arcanes. Lancez les dés pour voir si votre Santé mentale résiste à cette vision monstrueuse, et passez-moi le Coca. Ça va être l'heure de la pizza, je crois, j'ai une petite faim.

– Nooooon! crièrent en chœur les quatre joueurs, mais Yannick Cellier, riant de sa bonne blague, avait déjà repoussé sa chaise et se dirigeait vers la cuisine.

– Tu es dans la région jusqu'à quand? demanda Laurent en se penchant au-dessus de la table pour attraper une part de pizza.

– Je ne sais pas. Deux ou trois semaines, je pense, répondit Céline.

Les fenêtres de la cuisine étaient grandes ouvertes, et l'odeur des vignes brûlées de soleil embaumait l'air de la nuit. Pascal et Laurent s'étaient chargés de mettre le couvert rapidement, tandis que Francis s'occupait du four. Yannick, pendant ce temps, après un aller-retour aux toilettes, était allé s'enfermer dans sa chambre. Sans doute préparait-il la suite de leur aventure.

– Tu joues depuis longtemps? poursuivit Laurent.

– Depuis deux ou trois ans, mais très épisodiquement.

– Avec un groupe d'amis ou dans un club ?

– Avec un groupe d'amis.

– Oui, c'est plus simple, interrompit Pascal, si les parents ne font pas trop chier sur les horaires. Parce que dans les clubs, ça devient galère et compagnie…

– Comment ça ?

– Attends… Dans la plupart des municipalités, si tu dis que tu veux monter un club de jeux de rôle, au mieux on te l'interdit, au pire on t'envoie la DDASS. Des fois que tu risquerais de contaminer ton entourage avec tes histoires de morts vivants…

– Moi, j'ai compris la leçon, coupa Francis. J'habite pas ici, sauf l'été, où je travaille à la supérette de mon oncle. J'habite près de Valence, dans un bled. On a dit à la mairie qu'on montait un atelier de théâtre expérimental, ils nous ont donné une salle. On peut crier, s'engueuler, se massacrer jusqu'à des 3 heures du mat… Pas de problème, c'est du théâtre, c'est culturel, c'est bon.

– C'est vraiment aussi mal vu que ça, le jeu de rôle ?

– Mais qu'est-ce que tu crois ? Évidemment, peut-être qu'à Paris, c'est différent. Mais en province… j'oserais même pas en parler à un de mes profs, surenchérit Pascal. Il me prendrait pour un dingue ou un scientologiste.

– Un scientologue, corrigea Laurent.

– En tout cas, l'amalgame est vite fait. Va essayer de raconter à quoi tu passes tes soirées ou tes week-ends, entre potes, autour d'une table... La plupart des gens ne feront même pas l'effort de comprendre, ça les dépasse.

– Vous n'êtes pas un peu paranos ?

– Tu ne sais pas comment c'est, continua Pascal. Il faut se farcir les reproches des parents, les sourires entendus des copains au lycée, qui s'imaginent qu'on passe nos week-ends déguisés en preux chevaliers ou en gentilles fées... Et dès qu'il y a une merde...

Il y eut un silence, puis Laurent reprit :

– On a un pote, enfin on avait un pote, qui jouait avec nous depuis quoi... trois ans, et qui s'est suicidé au printemps dernier. Rien à voir avec le jeu. Mais les journalistes se sont montés le bourrichon, et tout le monde a suivi : flics, gendarmes, psychiatres...

– Julien Lasfargue, c'est ça ? J'en ai entendu parler.

– Oui, eh bien tu as vu comment ç'a été présenté. Ils ont cité dans leurs articles des bouts de règles ou de scénarios pris au hasard çà et là, ils ont monté ça en épingle. Imagine qu'on aille fouiller dans la bibliothèque de chaque suicidé, et que pour accréditer la thèse d'une emprise démoniaque, on mette en avant que le type lisait Stephen King ou R. L. Stine…

– Mais il n'y avait pas eu une histoire de profanation de sépultures, aussi ?

Un silence à nouveau, pendant lequel Pascal et Laurent firent mine de s'intéresser à leur assiette, puis :

– Ça n'a rien à voir. Ça n'a rien à voir avec Julien ni avec nous, ça.

– Je vous crois, dit Céline. Mais vous devriez voir vos gueules…

– Disons qu'on a eu des soupçons, admit Laurent.

– C'est sympa de m'attendre !

La voix de Yannick dans le couloir leur fit tourner la tête et, à son approche, Céline oublia un instant la conversation en cours. Elle l'avait à peine entrevu sur le porche en arrivant, puis dans la pénombre de la chambre sa grande mèche de cheveux sombres avait caché son visage. Sa voix, désincarnée, avait perdu son ton adolescent, hésitant, pour devenir celle du Gardien des Arcanes, une voix puissante, envoûtante, dont Yannick savait varier les effets.

Il était maigre, très maigre, et étrangement voûté. À voir sa silhouette de loin, dans la rue,

Céline lui aurait donné quatorze ans. De près, elle décela tous les menus indices qui révélaient sa maladie : le teint un peu cireux, les yeux trop grands pour son visage, la peau grêlée d'acné. Le grand frère d'une de ses amies, ex-toxicomane, était mort du sida l'année précédente. Elle crut déceler dans le regard de Yannick la même lassitude et le même air de défi.

– Vous auriez pu m'attendre, répéta-t-il d'un ton faussement contrarié.

– Pleure pas, on t'a gardé les croûtes, répondit Laurent.

Yannick s'assit, et Céline aperçut le fin tuyau de plastique qui courait le long de sa hanche depuis une bouteille métallique jusqu'à une paire de petites lunettes fixées sur son nez.

– C'est de l'oxygène, dit simplement Yannick en croisant le regard de Céline. Quand je parle trop longtemps comme ça, j'ai besoin de me recharger. Alors, notre partie, ça t'a plu ?

Céline n'arrivait pas à trouver le sommeil. Elle rouvrit les yeux pour la énième fois et vit clignoter dans l'obscurité les chiffres lumineux de son réveil de voyage. 2 h 56, bientôt 3 heures... Elle se retourna sur le dos, fixa le plafond de la chambre sans le voir. Son esprit était plein d'une foule d'impressions de la soirée passée chez Yannick, si plein qu'elle n'arrivait pas, malgré sa fatigue, à faire le vide. Elle les avait trouvés drôles, plutôt sympathiques, à cent lieues des archétypes que véhiculait la presse. Et pourtant elle les sentait sur la défensive, passant par instants de la convivialité à un mutisme suspect, comme quand elle avait évoqué Julien, et l'affaire de la profanation. Était-ce la conséquence du rejet dont ils s'estimaient victimes, de la culpabilité que ressentait Céline de leur avoir menti ? Ou cachaient-ils réellement quelque chose? «Disons qu'on a eu des soupçons...» avait marmonné Laurent, juste après le retour de Yannick. Puis il n'y avait plus fait allusion, et en présence du Gardien des Arcanes, Céline n'avait pas osé répéter ses questions. Car, étrangement, malgré son aspect chétif, peu engageant, Yannick dégageait un magnétisme certain, qui transcendait son handicap physique. Il possédait un réel talent de conteur, utilisait à la perfection de petits artifices théâtraux pour déstabiliser ses joueurs, mais aussi les galvaniser, les maintenir dans un état de tension limite. C'était peut-être une des plus grandes surprises de la soirée : Céline s'était prise au jeu, y avait trouvé du plaisir. Avec soulagement, elle avait saisi qu'il n'était pas nécessaire de connaître les règles pour jouer, que les dés n'étaient là que pour simuler une part de hasard dans les actions entreprises, et qu'il était presque nécessaire d'en faire abstraction. C'était le rôle du maître du jeu que de garder en mémoire les capacités des uns et des autres, de décider des lancers de dés et autres acrobaties mathématiques, qui ne transparaissaient pas dans le cours du jeu. Aux joueurs, la tâche d'incarner leur personnage, de le faire vivre. Et là aussi Céline avait été surprise : elle s'était quelque peu préparée à son rôle, avait décidé de faire de Patricia Cornwell une jeune journaliste téméraire, sans respect de la hiérarchie ou des conventions passéistes de l'époque. Mais c'est une tout autre personnalité qui s'était révélée à elle pendant la session de jeu : celle d'une jeune femme certes très volontaire, mais facilement dépassée par les événements, cherchant plus ou moins consciemment une épaule masculine sur laquelle s'appuyer. Lorsque Céline s'en était rendu compte, elle avait tenté de rectifier le tir, pour s'apercevoir, à sa stupéfaction, que Patricia Cornwell résistait à cette redéfinition tardive, qu'en fait ce personnage fictif, qui le matin même ne représentait pour Céline qu'une série de chiffres peu engageante sur un formulaire photocopié, avait acquis en l'espace de quelques heures de jeu une vie propre, échappant en partie à sa créatrice, comme, du moins l'imaginait-elle, devaient parfois le faire les personnages inventés par un romancier. Et le plus étonnant était probablement que Céline reconnaissait une part d'elle-même dans cette Patricia Cornwell pourtant à cent lieues de l'archétype féministe qu'elle avait voulu incarner. Elle en était là de ses réflexions quand le sommeil vint la prendre. Elle rêva cette nuit-là. Elle rêva qu'elle traversait un océan dans la cale à demi submergée d'un vieux rafiot, en compagnie de Tony Cafiosi et des autres personnages du jeu. Et la voix rauque du Gardien des Arcanes annonçait sa mort, comme une simple péripétie dans une aventure qui les dépassait tous.

– Sandra ! Sandra !

Céline traversa la place de la mairie en pressant le pas. Sandra poursuivait son chemin sans se retourner, et pendant un instant Céline hésita. S'était-elle trompée ? S'agissait-il de quelqu'un d'autre ? Lorsqu'elle arriva, essoufflée, dans le dos de la jeune fille, elle reconnut les cheveux jaune paille, le sac en bandoulière. Elle posa une main sur l'épaule de Sandra, qui se raidit et fit volte-face avec un air de défi avant de la reconnaître.

– Putain, tu m'as foutu la trouille ! hurla Sandra, avant de se défaire d'un geste de son Discman. Excuse-moi, avec ce truc-là, je suis dans un autre monde, j'entends rien.

– Ce n'est pas grave... On... on boit un verre ?

– J'aimerais bien, mais là c'est pas hyper-pratique. J'ai rendez-vous.

– Ah, c'est con...

– J'en ai pas pour longtemps. Un quart d'heure, vingt minutes à tout casser. J'ai rendez-vous chez mon toubib. Plus de pilule.

– Ah oui...

– Si tu veux, tu peux m'attendre. Si tu n'as rien de trop pressé. C'est juste là, en face, et en plus je suis déjà en retard... Tu m'accompagnes ?

Céline lui emboîta le pas, et elles pénétrèrent dans un immeuble ancien. Sandra sonna, entra dans le vestibule, se rendit jusque dans la salle d'attente, suivie de Céline. Elles n'étaient pas assises qu'un homme d'une cinquantaine d'années, blond, mince, en costume bleu sombre, ouvrit une porte attenante et fit signe à Sandra d'entrer :

– Je suis désolée pour le retard, dit-elle.

Le médecin se contenta de hausser les épaules, jetant brièvement un coup d'œil à Céline.

– Vous venez pour un rendez-vous ?

– Non, non, j'accompagne Sandra.

– Eh bien! accompagnez, accompagnez! dit-il en refermant la porte avec un sourire.

Céline l'entendit tourner la clef dans la lourde porte de bois. Le vague murmure de leurs voix filtrait jusque dans la salle d'attente. Elle détailla le décor qui l'entourait, la moquette passée, l'aquarium qui avait connu des jours meilleurs, les revues entassées sur une table basse. Un présentoir métallique vissé au mur attira son attention: DÉPLIANTS À VOTRE DISPOSITION. Son regard erra sur les couvertures des brochures: «L'éveil psychomoteur du petit enfant»; «Moi je suis vacciné»; «Les assureurs contre le cancer»; «Constipation occasionnelle»; «Dépression et adolescence»...

Ses oreilles semblaient pleines de coton, elle avait soudain l'impression d'évoluer sous l'eau. Céline s'empara du dépliant, retourna s'asseoir près de la fenêtre. De l'autre côté de la porte, Sandra pouffa, un rire étouffé.

Céline ouvrit le prospectus, lut:

«*Comment reconnaître une dépression chez l'adolescent? Comment la différencier d'une banale crise d'adolescence?*»

Puis, quelques lignes plus bas:

«*À l'adolescence, le jeune sort de l'enfance et se*

trouve confronté à nombre de changements : changements physiques de la transformation pubertaire, ouverture d'esprit sur une pensée abstraite et recherche d'une identité propre, nouveau mode de relation aux autres, dans lequel l'affirmation de la sexualité viendra tenir une grande place.»

Elle tourna la page, et un paragraphe attira son regard :

« Comment reconnaître l'adolescent déprimé ?

Sa présentation tout d'abord : l'adolescent, souvent instable, passe d'une morosité passive, taciturne, à des états d'irritabilité, voire d'agressivité.

« Son comportement : il est caractérisé par un amoindrissement du contact avec autrui et de l'investissement affectif, accompagné de troubles alimentaires et de troubles du sommeil (difficultés d'endormissement, réveils fréquents, cauchemars...)

« Son discours : il est marqué par une tonalité dépressive, avec perte d'intérêt pour les loisirs qui jusque-là le passionnaient, par un sentiment d'impuissance, d'autodépréciation, enfin par un ralentissement de l'activité intellectuelle.

« Selon que domine l'anxiété, l'autodépréciation, la tristesse, les troubles du comportement ou le ralentissement intellectuel avec son retentissement scolaire, le tableau peut varier d'un adolescent à l'autre. Certains adolescents se plaindront simplement d'un mal-être

général, voire de troubles digestifs, de maux de tête, dont le caractère répétitif devra attirer l'attention et inciter l'entourage à demander l'avis d'un médecin...»

Feuilletant plus avant, le mot SUICIDE lui sauta au visage. Serrant les dents, elle lut et relut l'encadré rouge qui clôturait la brochure :

«Le risque suicidaire à l'adolescence ne peut être passé sous silence. Les parents et l'entourage doivent être vigilants face à certains signes d'alerte : perte du goût pour les loisirs, fléchissement brutal des résultats scolaires, conduites à risque (alcool, drogue, jeux dangereux...), engagement dans une démarche nihiliste souvent considérée à tort comme poétique, autour du culte de la mort, dans la littérature comme dans la musique (par exemple un attachement morbide à certains poètes ou écrivains apologues du suicide, une identification à des figures-cultes, rock-stars ou acteurs de cinéma décédés brutalement).

« Ces éléments doivent amener à consulter un médecin, et les parents et l'entourage ne risquent rien à verbaliser leurs craintes à l'adolescent : on ne pousse pas un adolescent au suicide en lui parlant du suicide. Bien au contraire, on peut ainsi lui permettre d'exprimer son malaise et faire un premier pas vers une prise en charge psychothérapeutique.»

La porte du cabinet s'ouvrit. Céline glissa le prospectus dans sa poche, se leva en souriant faiblement. Son émotion devait se lire sur son visage, pensa-t-elle, mais ni Sandra ni le médecin ne remarquèrent rien d'anormal.

– Tu n'oublies pas de revenir avec la prise de sang, la prochaine fois, d'accord?

– Promis.

Elles se retrouvèrent dans le vestibule, puis sur la place. Sandra fouilla dans son sac, en sortit un paquet de cigarettes, en tendit une à Céline.

– Merci, dit-elle. Je voudrais te poser une question, c'est important, je crois que tu as dû...

Elle s'interrompit pendant que Sandra lui tendait la flamme de son briquet. La première bouffée, comme chaque fois, la fit tousser.

– C'est dommage, mais je suis sûre qu'il est pédé, laissa échapper Sandra avec un soupir.

– Pardon? demanda Céline entre deux toussotements qu'elle s'efforça de minimiser.

– Le Dr Soulez, je suis sûre qu'il préfère les garçons. C'est dommage, tu ne le trouves pas craquant?

– Je ne sais pas, je suppose... Il ressemble un peu à Jeremy Irons en plus jeune.

– Qui ça?

– Jeremy Irons, cet acteur anglais... Qui jouait dans *Mission*, et dans ce film avec Juliette Binoche...

La moue de Sandra lui fit comprendre qu'elle faisait fausse route.

– Et dans ce film avec Bruce Willis. Tu sais, l'histoire de ce flic enfermé dans un gratte-ciel avec des terroristes…

– *Piège de cristal*? demanda Sandra.

– Oui. Enfin, pas le premier, mais le deuxième ou le troisième film de la série. Celui qui se passe à New York avec des bombes déposées un peu partout par le frère du terroriste que Bruce Willis tue dans le premier épisode.

– Oui, oui…

– Eh bien, Jeremy Irons, c'est justement le frère du terroriste.

Sandra plissa les yeux, sourit.

– Ouuaaaiiis, d'accord. Je vois qui tu veux dire. C'est vrai, je n'y avais pas pensé. Moi je le trouvais un peu David Bowie, mais tu as raison, il ressemble plutôt à ton acteur anglais, là… En tout cas, ça m'avance pas beaucoup parce qu'il est pédé.

– Comment ça, pédé? Qu'est-ce qui te fait dire ça?

– Sa façon de faire, sa façon de me regarder, ou plutôt de ne pas me regarder. Des médecins, des psys, j'en ai vu plein, et je les ai tous fait manger dans ma main, un jour ou l'autre. Lui pas.

– Peut-être qu'il est simplement sérieux, qu'il prend son boulot à cœur…

Sandra secoua la tête négativement.

– Non, c'est pas ça, les filles ne l'intéressent pas, c'est tout. Il m'a refilé ma pilule, mais il n'a pas voulu m'examiner, ni rien, alors j'ai raconté n'importe quoi, j'ai dit que j'avais hyper-mal au bide en urinant, depuis des jours, pour le forcer à m'examiner. C'était trop drôle, il posait ses mains, comme ça, doucement, en me demandant si c'était là que j'avais mal, et moi je gémissais: «Non, plus bas, plus bas…»

Céline tira une bouffée de sa cigarette pour se donner une contenance, trop abasourdie pour répondre.

Sandra s'assit à une table de café, allongea ses jambes au soleil. Sa courte jupe noire remontée laissait entrevoir l'ébauche de sa culotte, mais elle n'en avait cure.

– Qu'est-ce que ça sera pour ces demoiselles? demanda le garçon.

– Une Adelscott, dit Céline sans réfléchir.

Sandra prit le temps de se masser le côté de la cuisse avant de répondre, d'une voix alanguie:

– Oui, une Adelscott, moi aussi…

Le garçon reparti, elle ajouta en aparté, ramenant ses jambes sous son siège:

– Tiens, tu vois, lui, il est normal, il n'est pas pédé.

Céline acquiesça mollement.

– Qu'est-ce que tu voulais me demander?

– Hein… euh rien… je ne me souviens pas.

– Un truc hyper-important, tu m'as dit…

– Je ne me souviens pas, vraiment, répéta Céline.

Le sourire de Sandra, son manège, la rendaient mal à l'aise.

– Bon, tu m'attends deux minutes, je vais à la pharmacie en face.

– D'accord.

Céline la regarda partir avec soulagement, nota le regard oblique d'un groupe d'employés municipaux occupés à la réfection de la chaussée, leurs sourires de connivence sur son passage. Elle avait voulu demander à Sandra si celle-ci se souvenait de Julien, qui avait été dans la même classe qu'elle l'année dernière, mais l'idée de devoir maintenant tout expliquer de la raison de sa présence ici, à cette jeune fille attirante, délurée, pour qui le monde se scindait en vrais mâles et en pédés, ne la branchait plus trop. Elle paya les deux bières, attendit à l'ombre du parasol que Sandra la rejoigne.

– J'ai payé, dit-elle simplement comme Sandra s'emparait du ticket.

– C'est *cool*, merci.

Sandra déplia le sachet de la pharmacie, en sortit deux boîtes de médicaments, en ouvrit une et fit jaillir deux comprimés roses d'un tube. Elle plaça les comprimés sur sa langue, les fit disparaître avec une longue gorgée de bière, puis laissa échapper un grognement de contentement.

Céline la regarda fouiller à nouveau dans son sac, en sortir le Discman pour en détortiller le câble. Puis son regard tomba sur les boîtes de médicaments posés sur la table : du Prozac, et du Tranxène 50. Sandra sourit, offrit ingénument :

– T'en veux ?

– Pardon ?

– T'en veux ?

– Bien sûr que non, enfin. Qu'est-ce que tu crois ? Ce sont des médicaments. Et je ne suis pas sûre que ce soit une bonne idée de les prendre avec de l'alcool.

– C'est pas de l'alcool, lâche-moi, c'est de la bière… Si on peut plus s'amuser…

– Ce n'est pas une question de s'amuser, Sandra. Ce ne sont pas des médicaments anodins, je ne pense pas que Soulez apprécierait de savoir que tu les utilises comme des bonbons…

– Attends, s'il existait des bonbons comme ça, ça se saurait, on m'appellerait Haribo !

– Ne déconne pas avec ça, trancha Céline, et le souvenir du prospectus lui revint en mémoire, éclairant brutalement la situation sous un jour complètement nouveau. *Ce sont des médicaments pour la dépression, elle est dépressive, c'est ça, c'est pour ça qu'elle a ce comportement bizarre...* Les habits noirs, Lautréamont et Baudelaire, le passage brutal de la lascivité à l'irritabilité, tout y était...

– Je déconne avec ce que je veux, t'es pas ma mère, répondit Sandra.

– Je sais bien, reprit Céline d'un ton plus conciliant, mais c'est pour toi que je dis ça, faut que tu fasses gaffe, c'est tout.

– Faut que je fasse gaffe sinon j'en aurais plus dans trois jours! pouffa Sandra. Enfin, si ça arrive, j'irai me ravitailler chez quelqu'un d'autre.

– Tu ne devrais pas prendre ça à la rigolade. Vraiment. Si Soulez te soigne pour une dépression...

– Mais qu'est-ce que t'en sais, de ma vie? lança Sandra. T'es flic maintenant?

– Non, mais les médicaments que tu prends...

– ... me font bien planer, merci docteur. C'est pas pour ça que je suis déprimée. Je maîtrise complètement. C'est juste que je sais y faire avec les médecins, et c'est si facile de leur faire prescrire ces petites pilules du bonheur...

– C'est dangereux ce que tu fais, tu ne te rends pas compte, dit Céline.

Elle se sentait affreusement moralisatrice, mais ne voyait pas d'alternative.

– Il te prescrit ces médicaments parce que tu n'es pas bien dans ta peau, et si tu les prends n'importe comment…

– Tu ne sais pas de quoi tu parles. Je ne suis pas déprimée. Des déprimés, j'en ai vus, j'en ai connus. Je ne suis pas déprimée. Si tu veux tout savoir, mademoiselle de Paris, mon ex-mec s'est barré il y a deux mois, sans même prévenir, et ça ne m'a fait ni chaud ni froid, pour te dire. La vie, les mecs, je m'en tape, tu comprends.

– Je suis désolée…

– T'as pas à être désolée, c'était un connard, comme les autres. Un connard marrant, mais un connard quand même. C'est pour ça que je t'ai dit, les mecs, moi, basta…

– Je suis désolée…

– Arrête de répéter ça, tu ne vas pas chialer non plus ? Pfff… Bon, c'est pas tout ça, mais entre la bière et les papouilles de Soulez, cette fois j'ai vraiment besoin d'aller pisser…

Sandra se leva, disparut dans l'arrière-salle du café. Céline resta assise, interdite, ne sachant quelle attitude adopter, ne sachant même plus ce qu'elle pensait réellement de ce dont elle venait d'être témoin. Les minutes passèrent. Elle jeta un regard confus vers la pénombre du café, puis glissa la main dans le sachet de pharmacie et en sortit l'ordonnance de Sandra, qu'elle déplia. C'était une ordonnance spéciale, comportant deux zones distinctes, comme en avait eu le grand frère d'une de ses meilleures amies, celui qui était mort du sida. Sous le tampon du médecin, elle lut le titre de l'encadré : « Prescriptions relatives au traitement de l'affection de longue durée reconnue (liste ou hors liste) (AFFECTION EXONÉRANTE) », puis la prescription du médecin, comportant Prozac et Tranxène 50 dans la partie haute, et une boîte de pilules dans la partie basse, « Prescriptions SANS RAPPORT avec l'affection de longue durée (MALADIES INTERCURRENTES) ».

Si le Dr Soulez avait utilisé une ordonnance de ce type, Céline le savait, cela signifiait que Sandra était atteinte d'une maladie jugée suffisamment sévère par la Sécurité Sociale pour être prise en charge à 100 %. Elle jeta un œil sur le cadre contenant l'identification du patient, lut, sous le nom de Sandra et sa date de naissance, son adresse : route des Carrières, Les-Hauts-de-Sollières. Elle replia l'ordonnance, la remit dans le sachet. Sandra ne se montrait toujours pas. Céline regarda l'horloge du café. Cela faisait plus de huit minutes que Sandra était partie. Une image s'imposa à son esprit : Sandra affalée dans les toilettes du café, victime d'un malaise. Elle se leva, traversa la salle, descendit quelques marches. Le passage de la terrasse à la pénombre de l'étroit sous-sol la désorienta. Elle tâtonnait à la recherche d'un interrupteur quand la bouche de Sandra vint effleurer ses lèvres.

– C'est ouvert ! Vous pouvez entrer, cria une voix des profondeurs de la maison.

Céline poussa la porte, regarda autour d'elle. À sa première visite, elle n'avait pas vu grand-chose de l'intérieur de la maison des Cellier. Elle s'attarda un moment sur les décorations au mur, sur une grande photographie de Yannick et d'une femme qui devait être sa mère, lors d'un séjour à Disneyland, semblait-il.

– Je suis dans la cuisine, dit Laurent, et Céline se dirigea en suivant sa voix.

Il était assis à table, un grand livre de cuir ouvert devant lui, dans lequel Céline vit qu'on avait collé des portraits d'acteurs de cinéma des années 1930, des photographies d'époque. Elle reconnut l'écriture serrée de Yannick.

– Bonjour, tu vas bien ? dit-il, et elle se laissa embrasser sur la joue.

– Oui, ça va merci... Qu'est-ce que tu regardes ?

– C'est notre journal de bord, si tu veux. Après chaque partie, Yannick écrit ce qui nous est arrivé, soit sous forme de feuilleton, soit à la première personne, comme si l'un de nous tenait son journal. Il cherche des photos, des documents d'époque, c'est un boulot de titan. Et il écrit rudement bien. C'est un peu comme s'il écrivait un roman juste pour nous...

– Il n'est pas là ?

– Ben c'est un peu le problème. Il a eu une crise en début d'après-midi, et sa mère l'a conduit à la clinique. Comme on n'avait pas de numéro de téléphone pour te joindre, il m'a demandé de venir t'attendre. J'ai les clés...

– Je suis désolée, dit Céline. C'est grave ?

– Avec Yannick, on n'est jamais sûr de rien. Ça peut dégénérer brutalement s'il fait une surinfection ou un pneumothorax, mais ça peut aussi être une fausse alerte, auquel cas il sera de retour avant la nuit...

– Mais qu'est-ce qu'il a au juste ?

– Tu n'es pas au courant ?

Laurent lui tendit une tasse de café, ils s'assirent

autour de la table de la cuisine. Par la fenêtre, on entendait le bruit solitaire d'un scooter sur la route en contrebas.

– Yannick est un muco, comme ils disent entre eux. Il a la mucoviscidose.

– Ah, fit simplement Céline.

– Tu sais ce que c'est ?

– Vaguement. Très vaguement.

– C'est comme moi au début. J'en avais entendu parler à la télé lors d'une émission de collecte de fonds, mais c'est tout. Pour moi, c'étaient des gamins qui vivaient à l'écart, dans des établissements spécialisés, je n'y prêtais pas attention. Quand j'ai rencontré Yannick, il y a quatre ans, j'ai commencé à me renseigner, dans des bouquins, sur Internet, pour tenter de comprendre sans lui poser trop de questions directement.

– Il n'aime pas qu'on en parle ?

– Il s'en fout. C'est tellement présent au quotidien dans sa vie, entre l'oxygène, les coups de fatigue, les hospitalisations répétées. Une fois, en pleine partie de jeu de rôle, il a même reçu un appel pour partir en urgence à Marseille, pour une greffe… Malheureusement au dernier moment ça n'a pas marché… le greffon n'était pas compatible.

– Il attend une greffe ?

– C'est une maladie qui s'attaque à ses poumons, l'espérance de vie n'est pas terrible, en moyenne une vingtaine d'années, parfois certains atteignent la trentaine mais c'est rare…

– Quel âge a-t-il ?

– Dix-neuf ans, comme moi…

Céline ne répondit pas.

– Oui, je sais, à le voir comme ça, on ne dirait pas…

– Je lui aurais donné quatorze ans, quinze ans à tout casser, murmura Céline.

– C'est la maladie. Ça l'empêche de se développer correctement.

– Je croyais… je croyais qu'il avait le sida.

– T'en connais ?

– J'en ai connu.

– C'est bizarre de connaître quelqu'un comme lui, avec une maladie comme celle-là, reprit Laurent un ton plus bas. On se sent responsable de lui, même si on n'y peut rien. Il passe une bonne partie de son temps libre à nous concocter des parties, à inventer des personnages et des scénarios, c'est un peu comme s'il était notre écrivain personnel en même temps que notre ami…

Le téléphone sonna au mur de la cuisine, et Laurent se leva pour répondre. Céline en profita pour faire glisser le journal de bord vers elle, le feuilleta. Sous une photographie de Humphrey Bogart tirée de *Casablanca*, elle lut un nom, Philip Hayworth, et deux dates : 1899-1931, le tout surmonté d'une croix noire. Elle sut instinctivement qu'elle se trouvait devant l'hommage posthume de ses amis au personnage fictif de Julien. Yannick avait même édité sur ordinateur, en choisissant avec soin la police de caractères et en vieillissant le papier utilisé, une sorte de nécrologie éditée dans le *Boston Globe*, qui retraçait les grands moments de la vie du personnage. Sur la page d'en face, Yannick avait récupéré et collé le plan de l'appartement de Philip Hayworth, un plan dessiné sur un fragment de papier quadrillé froissé taché de graisse, sans doute un reste de pizza. Avec un sentiment poignant de tristesse, Céline reconnut la chambre de Julien, la chambre d'amis et la salle de bains. Une flèche pointée sur le lavabo attira son attention, Julien avait griffonné un simple mot : « Mnar ».

Au téléphone, Laurent marmonna quelques onomatopées, hochant la tête, puis termina par un : « Allez, accroche-toi, ma poule... » avant de reposer le combiné.

– C'était Yannick. Il n'a pas de pneumo mais une petite baisse de sa saturation en oxygène. La clinique le garde jusqu'à demain le temps de récupérer ses résultats, d'être certain qu'il n'y a pas d'infection. Il faut que j'appelle les autres pour les prévenir que la partie est annulée. Je t'invite au resto ?

Le restaurant était situé en retrait de la nationale, sur un promontoire rocheux d'où on pouvait, au loin, apercevoir la mer. Loin de la ville, de son atmosphère étouffante, Céline, accoudée au mur de la terrasse, fut surprise de découvrir la beauté du paysage qui l'entourait, maintenant que l'écrasant soleil de l'après-midi tombait dans le lointain, dessinant des ombres et des contours là où tout n'avait été que lumière blanche.

Laurent se frayait un chemin entre les tables, deux martinis à la main. Le patron était un de ses amis, et il avait profité d'un petit passage discret dans l'arrière-cuisine pour se repasser un peu de gel dans les cheveux, ce qui fit sourire Céline.

– Ça te plaît ?

– C'est très beau. J'oublierai presque qu'on est dans le Sud de la France.

– Qu'est-ce que tu veux dire ?

– On pourrait être en Sicile, en Grèce sur une île… je ne sais pas.

– Ce n'est pas ça… quand tu dis « le Sud de la France », on dirait que tu parles de déboucher des toilettes publiques…

– Écoute, je ne veux pas te vexer, mais je ne peux pas dire que j'adore cette région.

– Évidemment, ce n'est pas Paris…

– Ce n'est pas la question. C'est plutôt… Tu vas me trouver injuste, mais je n'aime pas la mentalité des gens que je rencontre ici. Je ne parle pas de toi, ni de Yannick, mais la plupart du temps, je ressens chez les gens d'ici une colère que je ne m'explique pas, comme s'ils se sentaient constamment floués de tout… C'est peut-être pour ça qu'ils votent comme ils votent…

– Évidemment, ça, ça nous met bien la honte. Mais ce n'est pas une fatalité, et on n'est pas tous comme ça.

– Je sais bien. Je t'avais dit que tu me trouverais injuste.

– Non, je trouve que c'est dommage. Le Sud, ce n'est pas seulement un repaire de fachos bornés arrosés au pastis…

– Je sais, excuse-moi, je n'aurais pas dû parler de ça. Si on buvait à la santé de Yannick?

– À la santé de Yannick, reprit Laurent en levant son verre.

– Tu le connais depuis quatre ans, c'est ça?

– Oui. Il avait fait passer une annonce chez Devielle, aux Compagnons de Mordor, parce qu'il cherchait des joueurs pour commencer une campagne de *Donjons et Dragons*, c'est comme ça qu'on s'est tous rencontrés. À l'époque, il avait l'air d'avoir onze ans, mais c'était déjà un maître du jeu hors pair. Je suis sûr qu'il pourrait devenir… qu'il deviendra un grand écrivain.

Céline sourit, ignorant le lapsus de Laurent, et demanda :

– C'est à cette époque-là que vous avez rencontré Julien Lasfargue ?

– Oui, il était dans la même classe que Pascal. On formait le noyau dur, à quatre, avec quelques invités de temps en temps.

– Ça a dû être un coup terrible quand il s'est suicidé…

– Je n'arrive toujours pas à m'en remettre, c'était tellement brutal, tellement inattendu. Après un truc comme ça, tu te poses un tas de questions, des questions qui restent sans réponse. Tu revois des scènes, tu te remémores des conversations, en cherchant sans cesse à analyser ce qui a pu se passer, ce qui a pu se déclencher dans sa tête… Quels sont les derniers mots que tu lui as dit… quelle tête il avait… est-ce qu'il a laissé transparaître quelque chose, quelque chose qui aurait dû t'alerter…

Laurent semblait parler pour elle, dévoiler des pensées que Céline avait ressassées sans jamais les énoncer clairement. Bouleversée, elle ne put que hocher la tête au-dessus du verre de martini qu'elle tenait crispé dans sa main. Le serveur interrompit le long silence qui s'installait entre eux. Céline reprit ses esprits, commanda une pizza au hasard. Lorsqu'ils se retrouvèrent seuls, elle se lança :

– L'autre soir, à la mi-temps… quand je vous ai questionnés sur cette histoire de profanation de sépultures, tu m'as dit un truc étrange… tu m'as dit que, quand c'est arrivé, vous aviez eu des soupçons…

– Ça t'intéresse à ce point ?

– Oui.

– Si tu y tiens…

C'était Julien qui les avait invités. Il en avait parlé à Yannick le matin même au téléphone, et celui-ci avait acquiescé. Ils étaient trois, une fille et deux garçons, elle blonde, le look gothique, habillée de noir, eux plus difficilement classables, vêtus de jeans noirs et de bombers, le cheveu court. Ils n'avaient jamais joué, mais s'étaient montrés très patients pendant toute la phase préliminaire de création des personnages, écoutant avec attention les explications de Yannick, relayés par Laurent et Pascal. L'univers médiéval-fantastique semblait leur convenir parfaitement, même s'ils semblaient avoir lu peu de chose en dehors du *Seigneur des anneaux*. La partie avait commencé, l'un d'eux, le plus âgé, jouait un prêtre, l'autre un guerrier-voleur, la fille une elfe magicienne. La campagne de jeu arrivait à son terme, cela faisait maintenant près de trois ans que Yannick avait lancé son groupe à la recherche de l'Épée de Pouvoir, et Julien, Laurent, Pascal et leurs acolytes de fortune avaient guerroyé à travers mers, plaines et montagnes escarpées avant d'approcher enfin de l'ultime but de leur quête, accumulant les points d'expérience, peaufinant progressivement leurs personnages jusqu'à ce que ceux-ci acquièrent une vie propre. Pour intégrer les trois nouveaux personnages au groupe à un moment aussi tardif que décisif dans l'aventure, Yannick imagina qu'Anton, Szandor et La Vey étaient retenus prisonniers dans les geôles de l'Ennemi Suprême, Némésis des trois héros. Délivrés après une bataille homérique, les novices se joignirent à la quête de leurs libérateurs, mais leur attitude, les regards sarcastiques que surprenait parfois Laurent en levant le nez de sa feuille de personnage, l'avaient mis sur ses gardes. Pas suffisamment toutefois. Vers 20 heures ce soir-là, alors que Yannick, selon toute vraisemblance, cherchait à clôturer momentanément la partie pour la rituelle pizza-Coca, Szandor avait profité d'une rixe mouvementée pour poignarder Aragorn, le personnage de Pascal, dans le dos, tandis que La Vey et Anton jetaient un sort de paralysie sur Lorien, le druide de Laurent. Incrédules, les joueurs avaient vu tomber leurs personnages fétiches ainsi diminués sous les coups de leurs ennemis, Yannick faisant rouler les dés dans un silence de mort. Il aurait pu arrêter la partie, expliqua Laurent, voire annuler purement et simplement les dernières actions des trois traîtres, mais c'eût été enlever au jeu tout sens, tout intérêt. Cachant mal leur jubilation, Anton, Szandor et La Vey avaient révélé être au service de l'Ennemi Suprême, avoir patiemment attendu dans leur prison d'être délivrés par des héros naïfs et sans méfiance afin de les mener à leur perte. Sur le pur plan tactique, c'était un coup de maître, qu'aucun des joueurs, ni même le maître du jeu, n'avait pu prévoir, et contre lequel il n'existait aucune parade ou réclamation possible. Sur le plan humain, c'était une dégueulasserie sans précédent, qui puait la préméditation. Pendant un instant, Laurent et Pascal s'étaient même posé la question : Julien avait-il pu ignorer le plan ourdi par les trois novices, par ses invités de dernière minute ? Son personnage, Melleas, était, pour l'heure, le seul rescapé du groupe de départ. Il fut emmené devant l'Ennemi Suprême, placé sur la rambarde du pont de pierre qui surplombait les abysses de la Moria, et il lui fut laissé le choix. Il était près de 22 heures maintenant, et dans la chambre de Yannick, qui semblait respirer avec difficulté mais refusait d'interrompre la partie, la tension était à son comble.

– Le choix t'appartient, Paladin, avait murmuré Anton, parlant au nom de l'Ennemi Suprême. Rejoins-nous, rejoins le clan des vivants, des adorateurs de la Sève, brise tes chaînes et libère-toi du carcan de tes règles et de ta morale… ou choisis de finir comme tes camarades, au nom de principes que la vermine qui grouille dans les Abysses viendra picorer dans tes orbites creuses…

Pendant un long moment, Julien avait hésité. Laurent, Pascal, Yannick se taisaient. Ils avaient en mémoire les combats menés ensemble depuis le début de leur quête, les actes de courage ou d'intrépide imbécillité, les fous rires et l'exaltation des victoires arrachées in extremis à un sort contraire. Si cruelle que fût la fin de Melleas, au moins ne serait-elle pas dénuée d'un certain panache.

Et puis Julien avait baissé la tête, jouant nerveusement avec une lime à ongles, et, d'une voix tremblante, avait fait signe que Melleas acceptait les conditions d'Anton.

Laurent et Pascal, écœurés, avaient échangé un regard de totale incompréhension. Ils avaient tout perdu. Yannick avait laissé retomber le paravent du maître du jeu, avait refermé d'un geste le lourd classeur dans lequel il consignait depuis trois ans toutes les notes préparatoires de la campagne, désormais inutiles. Il avait demandé à rester seul un moment, comme après chaque partie, le temps de se regonfler un peu à l'oxygène, ce qui avait provoqué un soupir méprisant à peine perceptible du plus âgé des deux garçons, celui qui jouait Anton. Dans le couloir, assommés, Laurent et Pascal s'étaient dirigés vers la cuisine. Leurs yeux brûlaient de fatigue, ils avaient la bouche sèche. Puis soudain ils avaient remarqué qu'ils étaient seuls, que les trois invités se tenaient sur le porche, réintégrant leurs combinaisons de moto en échangeant quelques vannes.

– Je comprends pas, là… ils se cassent comme ça ?… avait demandé Laurent, sans attendre de réponse.

– Ça vaut peut-être mieux, si tu veux mon avis, avait grondé Pascal.

Laurent avait rebroussé chemin, et voilà ce qu'il

avait surpris : Julien, adossé contre la porte d'entrée, les bras ballants, comme une marionnette désarticulée, tandis que la fille blonde lui léchait les lèvres, une main plaquée sur son entrejambe. Laurent avait fait demi-tour, s'était rassis dans la cuisine sans dire un mot, les dents serrées à se péter les gencives. Un petit quart d'heure plus tard, Yannick les avait rejoints, l'air encore pas très frais, suivi de Julien, qui n'osait pas affronter leur regard.

– Je... je ne pouvais pas me douter... qu'ils préparaient un truc comme ça, avait-il bredouillé. Ils n'avaient jamais joué...

La fille était dans sa classe, elle l'avait abordé en le voyant lire une bande dessinée de Lara Croft, il lui avait parlé de ses goûts, du jeu, et elle avait semblé enthousiasmée, avait tout de suite demandé à jouer, elle et deux de ses amis très branchés médiévisme et musique celtique. Il n'avait aucune idée...

– Ça va, ça va, on a compris, avait coupé Pascal. Mais enfin, putain, pourquoi tu t'es rangé de leur côté, à la fin ? Pourquoi tu as fait ça ? Tu te rends compte que tu nous as trahi pour de bon, c'est comme si on était morts pour rien...

– Je n'avais pas envie de perdre mon personnage, avait murmuré Julien.

Pascal avait hoché la tête avec une mine dégoûtée. Laurent avait gardé le silence.

– Et tu ne les as jamais revus, ces trois-là ?

– Non, jamais, je ne sais même pas comment ils s'appelaient, pour te dire... On a laissé passer un peu de temps, une semaine ou deux, et puis Yannick a rappelé Julien et on a entamé une partie de *L'Appel de Cthulhu*, sans jamais reparler de cette histoire, parce que c'était trop douloureux... Et puis quelque temps après, il y a eu cette histoire de profanation de sépultures, et Pascal et moi, on a eu un très gros doute... On a pas osé en parler à Julien, à cause de ce que j'avais surpris, mais je voyais bien que, lui aussi, ça le mettait mal, cette histoire, d'autant que les journalistes sont venus fouiner autour de Devielle, à la Compagnie de Mordor, et puis autour de nous, parce qu'on jouait parfois dans son club...

– Je ne comprends pas, demanda Céline. Tu me dis que tu as eu un gros doute, mais tu ne m'expliques pas pourquoi...

– Oui, excuse-moi, j'ai oublié...

Laurent servit un verre de vin à Céline, remplit son propre verre. Les deux pizzas refroidissaient lentement, délaissées dans leurs assiettes.

– Au bahut, j'ai fait une petite recherche sur Internet, sur les noms de leurs personnages, parce que a posteriori, en y réfléchissant, je les trouvais bizarres...

– Et alors ?

– Anton Szandor La Vey a créé en Californie en 1961 un cercle de pseudo-magiciens qui s'est transformé en 1966 en Église de Satan. Ce grand délirant a réussi à implanter sa boutique dans une trentaine de pays. Il a écrit une Bible du satanisme, dans laquelle il explique que le christianisme est une religion castratrice, perverse, qui enseigne à l'homme de renier sa vraie nature, que seul le satanisme est une réponse naturelle aux appétits humains. Il faut tout prendre ici et maintenant, ne plus croire aux lendemains qui chantent et aux verts paradis. L'Église de Satan s'est scindée en plusieurs sous-groupes, chacun cherchant à regrouper le maximum d'adeptes, en attirant de nouvelles recrues par le sexe, souvent... Et tous ces dingues, bien entendu, ont naturellement glissé vers l'extrême droite. La haine des faibles, des malades, de tous ceux qui sont différents... tout ça les unit. Ils glissent du satanisme au hard-rock fascisant, au militantisme néo-nazi. Pourquoi se gêneraient-ils puisqu'ils sont destinés à devenir les maîtres du monde ?

– Et tu crois que ces trois-là...

– Je ne sais pas, mais ce n'est pas par hasard qu'ils ont choisi ces trois noms de personnages... et puis leur façon d'agir, cette espèce de jouissance à nous casser la baraque, à nous écraser, juste pour le plaisir…

– Et Julien, tu crois qu'il trempait dans leurs histoires ?

– J'en sais rien. Mais cette fille, là, cette salope avec son anneau dans le nez qui lui suçait les amygdales dans l'entrée chez Yannick, ça m'a rappelé ce que j'ai lu sur eux, la façon dont ils utilisent la sexualité pour attirer à eux de nouvelles recrues…

– Un anneau dans le nez, tu dis ?

– Oui, enfin, pas un anneau. Une sorte de diamant, une pierre, quoi.

– Je vois, dit simplement Céline.

– La dernière fois que j'ai vu Julien, reprit Laurent, c'était trois jours après une partie de *L'Appel de Cthulhu* particulièrement angoissante. Pascal et moi, on était comme des fous, on gambergeait pour trouver une solution, pour nous tirer du piège qu'avaient concocté nos adversaires, une secte apocalyptique menée par ce Chandler, justement, le type dont le nom était gravé sur la caisse dans l'entrepôt l'autre soir… J'ai rencontré Julien par hasard, dans la rue, il sortait de la boutique de son père, je crois, je lui ai proposé de prendre un verre, j'ai tenté de le brancher sur notre prochaine partie, mais il avait l'air ailleurs, préoccupé. Et à un moment, je ne m'en suis souvenu que bien après…, à un moment, je lui ai rappelé que j'avais encore chez moi un livret de règles de *Vampire*, un jeu de rôle auquel il espérait nous faire jouer cet été, histoire de faire une surprise à Yannick et de lui rendre un peu la monnaie de sa pièce. J'avais emprunté ce livret à Julien trois semaines auparavant, et chaque fois qu'on se voyait il me tannait pour que je le lui rende, mais comme par un fait exprès j'avais chaque fois oublié… Ce jour-là, à la terrasse du café, je m'en suis souvenu et je lui ai promis de le lui rapporter le week-end suivant, mais il m'a répondu : « Tu peux le garder… » On a encore échangé quelques mots, puis il est parti, je ne sais même pas si je lui ai dit au revoir… Et depuis, je me repasse cette phrase dans la tête : « Tu peux le garder… » Est-ce qu'il voulait dire qu'il n'en avait pas besoin pour l'instant, que je pouvais le garder encore un moment, ou est-ce qu'il voulait me dire qu'il n'en aurait plus jamais besoin, que je pouvais le garder pour toujours ? Parfois je penche pour la première hypothèse, je me dis que c'était une phrase anodine, sans conséquence… et puis le doute revient, je me dis qu'il avait décidé d'en finir, que peut-être cette phrase était comme une petite bouteille à la mer lancée par son inconscient, que si j'avais creusé plus avant, si je l'avais vanné tout simplement, si j'avais poussé juste un peu la conversation..

– Comment aurais-tu pu deviner? C'était une phrase si banale en apparence…

– C'était un de mes meilleurs amis. J'aurais dû deviner.

– C'était mon cousin, lâcha soudain Céline.

Il y eut un long silence, puis Laurent se contenta de hocher la tête, sans la quitter des yeux.

– Je suis désolée. J'aurais dû vous le dire plus tôt, mais je voulais être certaine…

– Que nous n'avions rien à voir avec son suicide, c'est ça?

Sa voix tremblait, la tristesse ou la colère, c'était difficile de faire la différence.

– Exactement. J'avais lu tellement de choses sur les jeux de rôle, et il y avait eu cette profanation…

– Je comprends. Je comprends très bien. C'est juste un peu les boules…

– Excuse-moi.

Elle avait avancé sa main sur la table vers Laurent, pour toucher la manche de sa chemise, mais lui avait dû faire de même, parce que leurs doigts entrèrent en contact et, avant qu'elle ait compris ce qui se passait, ils s'entremêlèrent. Son bras semblait mort, soudain, parcouru de fourmis comme si elle était restée assise sur sa main pendant une demi-heure. Elle n'osait plus esquisser le moindre geste. Le pouce de Laurent caressait doucement sa paume.

– Ça fait deux heures que j'ai envie de te toucher, murmura Laurent d'une voix rauque.

– Je ne crois pas que…

Céline ne termina pas sa phrase.

Elle se tenait debout dans l'obscurité, face à Laurent. Le sang vrombissait dans ses tempes. Malgré sa nudité, malgré la fenêtre ouverte, malgré le mince filet d'air qui pénétrait dans la chambre et faisait onduler les rideaux, elle était brûlante. *C'est maintenant*, songea-t-elle, *c'est maintenant. Il faut que je me rappelle de chaque détail, parce qu'après rien ne sera plus pareil.* Et d'une certaine façon, même si dans les minutes qui suivirent elle oublia tout de cette résolution d'enfant, elle n'avait pas tort.

Il faisait encore nuit lorsque Céline tourna la clef dans la porte de la maison des parents de Julien. Laurent lui avait demandé de rester, mais elle se sentait soudain totalement alerte, incapable de dormir et anxieuse d'être de retour chez Bernard et Sylviane avant leur réveil. Ils lui avaient confié une clef, sa propre clef de la maison, et la laissaient libre d'aller et venir, mais elle ne voulait pas qu'ils découvrent son absence à leur réveil. Elle voulait garder ce qui venait d'arriver entre elle et Laurent pour elle toute seule, elle voulait pouvoir se glisser dans ses draps et savourer en silence, secrètement, l'inconcevable exaltation d'aimer.

La porte était ouverte. Elle retira sa clef, fit quelques pas dans le couloir avant d'être aveuglée par la lumière de la cuisine. Bernard se tenait dans l'encadrement. Il lui fit signe d'approcher et sans bruit, elle s'exécuta. Un regard à la pendule audessus du lave-vaisselle, il était 3 heures du matin, elle pouvait toujours prétexter être sortie en boîte, ne pas avoir réalisé qu'il était si tard...

– J'attends des explications, dit Bernard en refermant la porte derrière lui.

L'espace d'un instant Céline imagina tante Sylviane effondrée au milieu de ses draps froissés, anéantie par le sommeil.

Est-ce qu'ils faisaient ce qu'elle-même et Laurent venaient de faire ? Est-ce qu'ils étaient seulement au courant que ça existait ? Est-ce qu'en fait la plus grande partie de l'espèce humaine connaissait l'amour physique mais vaquait à ses occupations en feignant d'ignorer à quel point c'était...

inexprimable ? Elle avait envie de rire, de rire et de pleurer.

– Je... je suis désolée de t'avoir inquiété. Je suis allée au cinéma, et ensuite en boîte, avec une amie. Je n'ai pas réalisé...

– Qui te parle de ça ? Tu peux faire ce que tu veux de tes nuits, tu n'es pas ma fille. Mais ça, tu peux me dire ce que ça signifie ?

Et d'un geste brusque il balança sur la table le livre de règles de *L'Appel de Cthulhu*. Les notes qu'elle avait prises pendant la partie, ainsi que sa feuille de personnage, volèrent à travers la pièce.

– Qu'est ce que ces saloperies font sous mon toit, tu peux me le dire ?

– Je... je peux tout t'expliquer. C'est un peu compliqué, mais si tu veux, je peux tout t'expliquer.

– Je n'en doute pas. Je sens qu'on va atteindre des sommets, lâcha Bernard en s'asseyant sur une chaise, à califourchon, avec un air de jouissance malsaine.

– Je suis descendue dans le Sud pour vous voir, bien sûr, mais aussi pour tenter de tirer au clair ce qui était réellement arrivé à Julien...

Bernard ne desserrait pas les dents.

Moi aussi, comme toi, j'avais entendu tout ce qu'on disait sur les jeux de rôle, les accusations... Je voulais voir par moi-même ce qu'il en était. Alors j'ai remonté la piste, j'ai réussi à entrer en contact avec ses copains, avec les gens qui jouaient dans le même groupe que lui... Je les ai rencontrés, j'ai même joué avec eux, et je peux t'assurer qu'ils n'y sont pour rien, ils ont été les premiers touchés par la mort de Julien, ils...

– Les premiers touchés ! Les premiers touchés ! Mais tu te fous de ma gueule, ce n'est pas possible !

Il avait hurlé, et Céline frémi, levant les mains en signe d'apaisement pour le faire baisser d'un ton. Il haussa les épaules.

– Je peux gueuler si je veux. Je suis chez moi. Et ta tante dort, elle a pris ses somnifères. Les premiers touchés, non mais où te crois-tu ? Au Club des cinq ?

– Excuse-moi, ce n'est pas ce que je voulais dire, je me suis mal exprimée. Comment te dire ? C'étaient de très bons amis de Julien, de vrais amis, ils ont été vraiment accablés par sa disparition. Mais je peux t'assurer, ils n'ont rien à voir avec son suicide.

– Formidable ! Toi aussi, tu fais partie de la secte, maintenant !

– Ce n'est pas une secte, Bernard, ce sont juste des jeunes gens, qui jouent ensemble, c'est comme une improvisation théâtrale, ça n'a rien de dangereux.

– C'est ça, bien sûr. Il s'est suicidé par hasard, un coup de tête, probablement.

– Non, c'est plus compliqué, certaines choses ne sont pas encore claires, mais en fait, ça n'a pas grand-chose à voir avec le jeu de rôle. Julien avait rencontré une fille, une fille de sa classe, et il est tombé amoureux d'elle, enfin je crois… Mais elle traînait avec des types pas nets, des… satanistes, et ce sont probablement eux qui ont commis les profanations de sépultures…

– Probablement ?

– Je n'en sais pas plus, pour l'instant, mais je suis sur une piste. Dans un ou deux jours, j'en saurai probablement plus…

– Probablement ?

– C'est toi qui m'intimides. Tu me regardes comme si j'avais commis un crime… Je voulais juste aider, mettre les choses au clair…

– Je vais te dire ce que tu vas faire, *ma nièce*, tu vas prendre tes magazines de jeu, tes cliques et tes claques, et tu vas te tirer d'ici vite fait, remonter jouer au Cluedo à Paris avant qu'il t'arrive malheur, tu m'as bien compris ?

– Pourquoi tu le prends comme ça ?

– Je le prends comme j'ai envie de le prendre,

parce que je suis chez moi, et je n'ai pas de raison à te donner.

– Je voulais juste aider. Je voulais savoir…

– Il n'y a rien à savoir. C'est de l'histoire ancienne, tu m'entends ? Julien est mort, ce n'est pas en jouant les Miss Marple que tu le feras revenir !

« … *quant à la Bourse de Paris, elle clôture sur un indice particulièrement élevé après l'annonce tard hier dans la soirée de la décision du P.-D.G. de Michelin de dégraisser les effectifs surnuméraires pour conforter la forte progression du titre sur le marché américain. Une décision courageuse, bien qu'impopulaire, qui démontre la volonté…* »

– Ta gueule, bon Dieu !

D'un geste d'humeur, Laurent frappa sur le bouton des fréquences de l'autoradio mais, dans sa hargne, ne réussit qu'à augmenter le son.

« … *c'était Jean-Pierre Gaillard, en direct de la Bourse de Paris, pour…* »

– Ta gueule ! Ta gueule ! TA GUEULE ! cria Laurent en martelant l'autoradio jusqu'à obtenir le silence.

Céline ne put s'empêcher de sourire.

– C'est encore loin ?

– Non, non, un kilomètre, pas plus, mais ça tourne beaucoup.

Ça tournait, effectivement. La route qui menait sur les hauts de Sollières était faite d'une succession de lacets si serrés que Laurent était parfois obligé de passer la marche arrière et de braquer le volant pour ramener le capot de la vieille Mercedes dans l'axe de la route.

– Tu n'as rien de plus gros dans le garage de ton père ?

– J'ai une Renault 19 que je suis en train de retaper, mais elle n'a pas de moteur pour le moment, j'ai pensé que tu préférerais ne pas avoir à la pousser dans la montée…

Céline tourna la tête vers la droite, feignit de s'absorber dans la contemplation du paysage pour ne pas se laisser surprendre à sourire. Laurent avait posé un instant les doigts sur son genou, comme pour s'excuser de sa plaisanterie minable, et ce seul effleurement avait déclenché en elle une stupéfiante sensation de soulagement. Lorsqu'elle s'était assise dans la voiture à côté de lui, ils avaient échangé un baiser rapide, banal, presque gêné, sur les deux joues. Avait-il oublié la nuit précédente, ou bien ce genre de chose était-il si courant pour lui qu'il n'y prêtait même plus attention ? Un sentiment de frustration et d'accablement l'avait saisie, que le simple contact des doigts de Laurent sur le tissu de son jean avait dissipe. *Je suis vraiment une idiote*, songea-t-elle, *il est probablement aussi intimidé que moi.* Et, décidant d'en avoir le cœur net, mais toujours sans oser croiser le regard du jeune homme, elle laissa retomber son bras vers la gauche, le dos de sa main venant frôler le levier de vitesse et l'avant-bras de Laurent. Leurs doigts s'étreignirent, un peu comme si leurs mains, à leur insu, avaient pris le contrôle des événements.

– C'est sinistre, dit enfin Céline en désignant le paysage autour d'eux. Des troncs d'arbre calcinés, des glissements de boue pétrifiée, mordaient sur la chaussée.

– Ça a brûlé l'année dernière. Un vrai feu, je pense…

– Un vrai feu ?

– Oui, je veux dire, un feu d'origine naturelle, c'était pendant un gros orage… Ici, la plupart des feux naissent parce que quelqu'un veut déboiser pour construire, et mettre tout le monde devant le fait accompli…

– Charmant…

– Voilà, on y arrive…

La route s'arrêta. Quatre maisons se dressaient encore sur la colline, leurs murs noircis par endroits là où les flammes les avaient léchés. Un grand hangar de tôle et de métal s'était effondré plus loin, à l'endroit où la route laissait place à une grande montée poussiéreuse qu'avaient autrefois arpentée les camions-bennes qui grimpaient jusqu'au sommet de la carrière.

– Tu es sûre qu'elle habite ici ?

– C'est ce qui était marqué sur son ordonnance de médicaments… Mais l'usine a l'air complètement abandonnée…

Laurent gara la voiture, et ils gravirent les quelques mètres qui les séparaient des maisons encore intactes. Le son d'une radio leur parvint par une fenêtre ouverte, au premier étage de ce qui avait dû être un bâtiment administratif. Ils évitèrent le tas de canettes de bière, de débris de verre et de papiers divers qui s'amoncellaient le long du mur sous les fenêtres ouvertes, notant au passage la doucereuse odeur de merde qui s'en échappait. Le ou les occupants de la maison semblaient avoir pris l'habitude de faire leurs besoins de la terrasse du premier étage. Céline prit la main de Laurent. Il l'interrogea sans dire un mot, mais elle fit signe qu'elle était résolue à poursuivre. La nuit précédente, l'oncle Bernard lui avait clairement fait comprendre qu'il ne souhaitait plus la revoir sous son toit, et elle n'avait aucune intention d'enfreindre cette consigne. Elle ne savait pas encore où elle passerait la nuit prochaine, dans le lit de Laurent ou dans le train pour Paris, mais elle avait décidé d'aller au bout de son enquête, si dérisoire fût-elle. Elle voulait entendre de la bouche de Sandra ce qui s'était passé, elle voulait savoir si Julien avait ou non participé aux profanations de sépultures. Et une part d'elle, mais elle n'osait se l'avouer, voulait savoir si Julien et Sandra avaient couché ensemble. Elle n'aimait pas la jeune fille fantasque, clairement dérangée, qui avait tenté de forcer ses lèvres dans le sous-sol glauque du café de la place, mais elle espérait sans l'avoir clairement formulé que Julien n'était pas mort sans avoir aimé une femme.

Ils pénétrèrent dans la maison par une porte laissée entrouverte. La pièce abritait un vieux bureau de bois, un téléphone datant du début du siècle pendait encore au mur, son câble sectionné. Dans un recoin, un meuble de bois à tiroirs métalliques s'affaissait, rongé par la rouille et l'humidité. Céline eut la vision de ce qu'avait dû être ce bureau du temps de sa splendeur, le contremaître confortablement installé dans un fauteuil tournant, les ouvriers venus toucher leur paye patientant silencieusement dans l'escalier de fer.

De l'étage supérieur leur parvint un bruit de pas, le son d'un objet lourd traîné sur le plancher.

Prudemment, prenant garde de ne pas dévoiler

leur présence, Céline et Laurent traversèrent la pièce, débouchèrent dans un corridor encombré de sacs-poubelles, d'affiches froissées et de linge sale. À l'étage, Sandra dut se cogner contre un meuble car elle lâcha une bordée d'injures. Un énième sac-poubelle dévala l'escalier. Mal fermé, il répandit une partie de son contenu en atterrissant à leurs pieds. Ils échangèrent un sourire, Laurent se baissa, ramassa un magazine ronéotypé tombé à terre. Par-dessus son épaule, Céline lut: « *VIGILANCE NATIONALE: assez tergiversé avec les traîtres à la race blanche!* » Sur le dessin de couverture, un dragon dressait sa tête vipérine au-dessus d'une croix gammée légèrement remaniée.

– Elle a de super-lectures, murmura Laurent, tandis que Céline sortait d'un autre sac éventré, au milieu d'un amas de canettes et de restes de pizzas recouverts de moisissures grisâtres, un magazine imbibé de bière.

« *NAPALM ROCKER salue les fiers et valeureux guerriers du groupe A-S-LV!* » lut-elle en chapeau d'un article illustré d'une photographie sur laquelle elle reconnut Sandra, accompagnée de deux jeunes hommes au crâne rasé.

– Ce sont eux, dit Laurent en les désignant du doigt. Ceux qui se faisaient appeler Anton et Szandor, et la fille.

– Je les ai déjà vus… murmura Céline. Je suis certaine de les avoir déjà vus…

Elle plia le magazine et le glissa dans sa poche.

– Écoute ça, c'est un tract signé A-S-LV, murmura Laurent: « *Christianisme et judaïsme doivent être combattus sans pitié, car ils sont nuisibles à la pureté du genre humain, en favorisant la pitié, le parasitisme et l'égalité. Débarrassée de ses prêtres, de ses rabbins, de ses handicapés et des sous-races inférieures, la race blanche s'épanouira sur terre. C'est notre combat…* » Et ça: « *Nous voulons créer le plus possible de haine, de chaos et d'agonie pour que cette société chrétienne puisse enfin se casser la gueule. Nous nous servons de notre musique, pour qu'elle déchire l'âme de l'auditeur et répande la mort et la dévastation…* » Je ne sais pas ce qu'ils fument, ces tarés, mais c'est de la forte…

Céline gravit les marches de l'escalier, suivie par Laurent. Ils arrivèrent sur le palier au moment où Sandra ressortait d'une pièce sombre en tirant un carton plein de livres sur le plancher.

– Tu as besoin d'un coup de main? demanda Céline d'une voix forte, et Sandra poussa un cri de stupeur, avant de la reconnaître.

– Putain, comment t'es arrivée ici, mais t'es folle, tu veux me faire criser, j'suis pas en état de…

Elle reconnut Laurent, et resta figée sur place, incapable d'articuler un mot.

– Salut. Je ne pensais pas qu'on se reverrait un jour, dit-il d'un ton faussement enjoué. Comment vont tes deux babouins ?

– Je t'emmerde.

– C'est ce que j'ai tout de suite apprécié en te voyant, cette classe internationale…

– Arrêtez ! lança Céline en levant le bras pour s'interposer. Je ne suis pas venue pour ça. Je suis venue pour te parler de Julien Lasfargue.

– Je n'ai rien à dire là-dessus. Et c'est vraiment pas le moment…

– Parce que tu fais du rangement dans ta porcherie ? ricana Laurent.

– Arrête ! répéta Céline.

Laurent haussa les épaules, fit quelques pas sur le palier, s'arrêta devant un poster sur lequel une femme nue, une croix gammée gravée sur le front, s'agenouillait au-dessus d'un crucifix avec un sourire obscène.

– Je suis venue te parler de mon cousin Julien Lasfargue.

Sandra encaissa sans broncher.

– Je veux juste une réponse par oui ou par non, et nous te laisserons tranquille, toi et tes copains.

– Je vis seule ici. Ils sont partis il y a deux mois.

– Je ne veux rien savoir sur eux. Ils ne m'intéressent pas. Je veux juste une réponse : Julien vous a-t-il accompagnés pendant vos virées au cimetière ?

– Non. Je te jure que non.

– Merci. On va s'en aller maintenant.

– Tu pars pour de bon ?

Céline fit signe que oui.

– C'est mieux. C'est mieux pour toi, dit Sandra en baissant les yeux.

– Qu'est-ce que tu fais avec tous ces sacs-poubelles ?

– Il faut... il faut que je nettoie un peu, c'est trop dégueulasse.

Sandra avait jeté un regard autour d'elle, sur les murs graisseux, les affiches pornographiques, les graffitis nazifiants, comme une simple ménagère dépassée par l'ampleur de la tâche. Son regard fuyant, l'hésitation perceptible dans sa voix, attirèrent l'attention de Céline. Et brutalement la mémoire lui revint. Elle sortit la revue froissée de la poche arrière de son jean, tendit l'article à Sandra :

– Je sais où je les ai déjà vus, tes deux copains. Dans le *Courrier de Sollières*. Sur les photographies de la mairie, le soir de l'élection. Ils faisaient partie du service d'ordre, sous la responsabilité de Teilhard. Et ils étaient encore là lors de l'inauguration de la piscine, et lorsque la mairie a fermé la bibliothèque en prétextant des incidents. Ils étaient payés par la mairie, je ne me trompe pas ?

– Qu'est-ce que ça peut faire, je te dis qu'ils sont partis…

– Tu n'es pas en train de nettoyer, Sandra. Tu es en train d'effacer les preuves de leur passage ici, n'est-ce pas ? Et tu ne le fais pas justement aujourd'hui, par hasard… Quelqu'un t'a prévenu. Quelqu'un t'a… Oh ! mon Dieu…

Sandra avait pris un air buté, fixait obstinément ses chaussures.

– Qu'est-ce qu'il y a, mon amour ? demanda Laurent, et Sandra releva la tête, le fusillant du regard.

– Bernard t'a prévenue, n'est-ce pas ? Bernard t'a prévenue que j'étais remontée jusqu'à vous…

– Tu te trompes. Je ne sais même pas de qui tu parles…

– Bernard Lasfargue. Le père de Julien. Mais qu'est-ce qu'il a à voir là-dedans, comment tu…

Un bruit de pas au rez-de-chaussée la fit se retourner. Teilhard se tenait sur la première marche de l'escalier. Il était vêtu d'un costume gris anthracite, le sigle de son parti clairement visible sous sa pochette couleur bleu-blanc-rouge. Dans sa main droite, il tenait une arme.

Céline recula, leva instinctivement les mains.

– Votre oncle a raison. Vous êtes vraiment une emmerdeuse de première…

– Je t'en prie, ne lui fais pas de mal, intercéda Sandra.

– Occupe-toi de nettoyer ce merdier, aboya Teilhard. Si tu l'avais fait quand je te l'ai demandé, on n'en serait pas là aujourd'hui. Alors ferme-la, si tu sais ce qui est bon pour toi.

Dans un film, Teilhard aurait monté l'escalier sans se méfier, n'aurait pas remarqué la présence de Laurent. Mais ce n'était pas un film, malgré la présence presque incongrue de ce pistolet automatique dont Céline n'arrivait pas à détourner le regard. C'était juste un fait divers, un fait divers qui finissait mal.

– Entre dans le coffre.

– Allez vous faire foutre…

– Entre dans le coffre, susurra Teilhard, ou je colle une balle dans les ovaires de ta petite fiancée.

Il souriait de bon cœur, avec l'air de prendre un vrai plaisir à la situation. Laurent s'exécuta, se recroquevilla dans le coffre de sa Mercedes.

– Allonge-toi à côté de lui, ordonna-t-il à Céline.

– Je vous en prie. On ne dira rien, j'allais m'en aller de toute façon…

Au moment même où elle prononçait ces mots, elle se détesta d'avoir tenté de l'apitoyer. Teilhard gloussa, eut un geste d'agacement.

– Allez, je n'ai pas de temps à perdre. Mais tu vois, je ne suis pas mauvais bougre. Je vous laisse le temps de vous dire au revoir en amoureux. Qui sait, vous pouvez même tirer un coup si le cœur vous en dit, ces voitures allemandes sont très spacieuses…

Elle mit un pied dans le coffre, sans plus réfléchir, puis l'autre. Les bras de Laurent l'enserrèrent, il protégea son visage. Elle ne vit pas le coffre se refermer.

– Est-ce que quelqu'un sait que tu es ici? murmura enfin Laurent.

Pendant longtemps, ils n'avaient pas échangé une parole. Elle avait pleuré, sans pouvoir se maîtriser, et il l'avait prise dans ses bras. Puis lui aussi avait été pris de frissons, angoissé à l'idée de ne plus pouvoir respirer, et Céline l'avait calmé en le berçant contre son corps. Ils avaient perdu toute notion du temps.

– Non, je n'ai rien dit à personne.

– Moi non plus. On s'est vraiment démerdés comme des manches…

– Il y a sûrement moyen de sortir de là…

– Sortir de là ? C'est une Mercedes, pas une 2CV. À moins d'avoir une perceuse, on n'en viendra jamais à bout. Il n'y a rien dans le coffre à part un bidon d'huile et quelques chiffons.

– J'ai horriblement envie de pisser, murmura Céline.

– Ne te gêne pas. Au point où on en est…

– Qui c'est, ce Bernard, dont tu as parlé à Sandra ? Ce n'est tout de même pas le père de…

– Si, c'est le père de Julien…

– Le père de Julien nous a donnés à Teilhard ? demanda Laurent, incrédule.

– Je ne sais pas. Mais je n'ai parlé à personne d'autre de mes soupçons.

– Qu'est-ce que tu lui as dit ?

– Je ne me souviens plus de tous les détails, mais j'ai évoqué Sandra, et Anton et Szandor… Je lui ai dit qu'ils étaient probablement responsables des profanations, et que vos jeux de rôle n'avaient rien à voir là-dedans…

– Qu'est-ce qu'il t'a dit ?

– Il était furieux. Il m'a dit… de prendre mes

cliques et mes claques et de remonter à Paris avant qu'il ne m'arrive malheur.

– Il t'a menacée?

– Je n'ai pas compris ça comme ça, c'est mon oncle…

– Il t'a prévenue, en tout cas…

– Oui, mais je m'en rends compte un peu tard…

– Et il a prévenu Teilhard…

– … que j'avais retrouvé la piste de Sandra et de ses deux babouins, comme tu les appelles.

– Arrête, ça me fait mal aux côtes quand je ris, dit Laurent d'un ton ironique.

– Quand nous sommes arrivés, Sandra était en train de vider leur squat de tout ce qui avait appartenu à Anton et Szandor, de tout ce qui pouvait permettre d'établir leur passé néo-nazi… Et c'est probablement Teilhard qui lui en a donné l'ordre, plus tôt dans la matinée.

– Il la connaît? demanda Laurent.

– Il la connaît, ils se sont tutoyés. Il l'a probablement rencontrée grâce à Anton et Szandor, puisqu'ils travaillaient tous les deux pour son service d'ordre. Mais ce que je ne comprends pas, c'est qu'ils aient disparu comme ça il y a deux mois…

– Il les a peut-être virés lorsqu'il a découvert

qu'ils étaient mêlés à la profanation. Ça ne serait pas une publicité formidable pour la mairie si on apprenait que les membres de la garde rapprochée de Teilhard déterrent des cadavres la nuit.

– Mais comment l'aurait-il appris? demanda Céline. Ils n'auraient pas été assez stupides pour s'en vanter auprès de lui. Quelqu'un a dû l'en informer. Bernard, peut-être.

– Julien le lui aurait dit?

– Peut-être. Je ne sais pas, répondit Céline. J'ai du mal à imaginer que Bernard ait pu faire une chose pareille, utiliser la confession de son fils pour gagner les bonnes grâces de la mairie…

– Tu entends? demanda Laurent.

– Quoi?

– Ce bruit, au loin.

– C'est une voiture?

– Non, ça doit être un orage de chaleur.

– Laurent?

– Oui…

– Tu crois qu'on va s'en sortir?

– Bien sûr, mon amour.

– Franchement?

– Franchement.

– Franchement franchement?

– …

– Je crois que Teilhard cherche juste à gagner du temps, à finir son nettoyage du squat avec Sandra, dit Céline, à détruire les dernières preuves qui le lient à Anton et Szandor. Mais une fois qu'il aura tout fait disparaître, il ne restera plus que nous…

– Tu crois que Sandra…

– Je ne sais pas. On ne peut rien attendre d'elle. Elle vit dans un autre monde, elle est sous la coupe de ces salauds.

– De *ce* salaud, corrigea Laurent.

– Qu'est-ce que tu veux dire ?

– Je ne crois pas qu'Anton et Szandor aient juste « disparu » comme ça, un beau jour, qu'ils soient montés sur leurs motos et qu'ils aient filé se faire pendre ailleurs après une grosse colère de Teilhard. Je pense qu'il les a éliminés.

– Et Sandra ?

– Elle ne travaillait pas pour la mairie, elle n'apparaît sur aucune photographie avec lui. Et dans l'état où elle est, il peut l'utiliser comme il le désire…

– Alors on est foutus. S'il n'a pas hésité à tuer deux de ses amis…

– Écoute…

Quoi ?

– Il pleut, dit Laurent, tout étonné.

Le bruit des gouttelettes sur la paroi métallique du coffre, d'abord ténu, irrégulier, devint rapidement plus perceptible. En quelques minutes, la pluie martelait la voiture, créant dans l'habitacle clos une impression de déluge.

– Tu as déjà fait l'amour sous la pluie? demanda Céline, mais l'orage couvrit sa voix, alors elle passa aux actes.

Ils étaient blottis l'un contre l'autre lorsque la voiture démarra. La pluie tombait toujours et, dans le vacarme, ils n'avaient même pas entendu claquer les portières.

– Je t'aime, dit Céline. Je n'ai jamais aimé personne comme je t'aime.

– Je t'aime, dit Laurent.

Le moteur gronda, la Mercedes se mit en route.

– Où nous emmène-t-il?

– Je ne sais pas.

La voiture grimpa une pente. Ils s'arc-boutèrent l'un contre l'autre pour ne pas glisser. Céline remonta son jean, referma sa fermeture Éclair. Puis il y eut un à-coup, le moteur vrombit dans le vide comme la voiture semblait zigzaguer. Laurent cria, la serra contre lui. La voiture partit à reculons, les genoux de Céline tapèrent violemment contre la paroi arrière du coffre. Il y eut un choc sourd, et ils s'immobilisèrent. Le bruit de la pluie s'était estompé. Ils entendirent la voix de Sandra, puis un juron, un claquement de portière.

– Allez, balance-moi ça, dit clairement Teilhard.

Sandra répondit quelque chose d'une voix plaintive, qu'ils ne comprirent pas.

– Plus loin, cria Teilhard. Plus loin !

Ils entendirent encore le bruit d'une portière, le bruit d'objets qu'on sortait de la voiture. Puis Teilhard ouvrit le coffre, les aveuglant brutalement malgré la faible lumière filtrant à travers les gros nuages noirs qui plombaient encore le ciel. Instinctivement, ils protégèrent leurs yeux de leurs avant-bras.

– Allez, allez, c'est le terminus. Tout le monde descend. Pffui, ça refoule là-dedans, mes salauds. Vous êtes vraiment de gros dégueulasses...

Céline se sentit tirée par la manche, le canon du pistolet vint meurtrir son flanc.

– Allez, debout, debout... c'est l'heure d'aller à l'école !

Elle réussit à se déplier, à s'agripper à l'aileron arrière de la Mercedes, tandis que Teilhard sortait Laurent du coffre, sans plus de ménagement. Titubants, ils s'accrochèrent l'un à l'autre, clignant des yeux pour tenter d'y voir clair, faibles et nauséeux. La Mercedes avait gravi la pente qui menait au sommet de la carrière, mais avait dérapé avant d'atteindre le sommet, les roues perdant contact dans la terre glaise noyée d'eau. Teilhard avait glissé en arrière, s'était retrouvé en travers de la pente, l'avant de la Mercedes blanche pointant au-dessus de la paroi de la carrière. Une trentaine de mètres plus bas, Céline aperçut la surface trouble d'une fondrière gorgée d'eau de pluie boueuse, d'où émergeait le bras métallique d'une grue abandonnée là depuis des dizaines d'années. Le long de la paroi, deux sacs-poubelles noirs et un carton profondément enfoncé dans la terre glaise témoignaient de la volonté de Teilhard d'effacer toute trace dans le squat de Sandra.

– Yves… Tu crois vraiment que…

– Ta gueule, Sandra. Ça ne m'amuse pas plus que toi, confia Teilhard d'une voix faussement navrée. Mais si vous n'étiez pas allés chier sur les tombes de ces youpins en pleine nuit, on n'en serait pas là…

– Mais on ne peut pas leur donner une chance de…

– Une chance de quoi, pauvre connasse ! Une chance d'aller claironner partout qu'une bande de débiles du service d'ordre de la mairie se faisaient des safaris-photos nocturnes dans les cimetières du coin?

– Mais puisque Anton et Szandor sont loin, qui fera le lien avec toi?

– T'es vraiment trop conne, ma pauvre fille. Il suffirait qu'on trouve ces putains de photos...

– Les photos que Julien a cachées? interrompit Céline d'une voix qu'elle s'efforça de maîtriser.

Teilhard virevolta, vint se planter devant Céline, le canon de l'arme pointé sur son ventre:

– Où sont-elles?

– Vous ne les avez pas, n'est-ce pas? Et Bernard ne les a pas non plus...

– Où sont-elles?

– Nous les avons mises en lieu sûr. Nous les avons confiées à un ami. S'il nous arrive quelque chose...

Teilhard s'esclaffa, un rire sans joie.

– On n'est pas dans un téléfilm, pauvre cloche. Vous n'avez pas les photos, sinon vous ne seriez pas venus demander à Sandra si votre cousin les accompagnait cette nuit-là.

– Si tu as les photos, coupa Sandra, donne-les-nous. Donne-les-nous et on vous laissera partir... On veut juste les photos, et tout redeviendra comme avant...

– Comme avant? ironisa Laurent. Tu crois vraiment que tout redeviendra comme avant ? Que tu retrouveras tes petits camarades et que vous partirez à moto vers des lendemains fascistes qui chantent ?

– Ta gueule, connard, prévint Teilhard. Un mot de plus, et je te fais sauter le genou.

Il avançait sur eux, les repoussant vers la paroi, vers l'à-pic. Céline se recroquevilla contre Laurent, tentant de rester en équilibre alors que le talon de ses baskets mordait déjà dans le vide.

– Sandra, je t'en prie... supplia Céline, mais la jeune fille, qui se tenait juste derrière Teilhard, l'air hagard, le cheveu trempé par la pluie, ne leva même pas les yeux vers elle.

– Bon voyage, susurra Teilhard. Ne vous inquiétez pas, c'est juste un long moment atroce à passer...

– Sandra... Ne le laisse pas faire, cria Céline. La prochaine fois, ce sera ton tour... Je ne sais pas ce qu'il t'a fait croire, mais Anton et Szandor sont là, en dessous !

Sandra releva la tête, une expression de stupéfaction peinte sur son visage. Teilhard ne lui prêtait aucune attention. Il leva son arme, la pointa sur le front de Laurent, qui, à travers des lèvres sèches, lui cracha au visage.

La détonation résonna à l'oreille de Céline,

mais elle n'eut même pas le temps de crier. Basculant en arrière, elle tomba à la renverse, ses bras fouettant l'espace. Sa main gauche se crispa sur le bord de l'abîme, elle ferma les yeux, tout tanguait autour d'elle. Quelque chose déchirait sa cheville, elle se sentait glisser, puis une main agrippa ses épaules, la fixant contre la paroi. Elle rouvrit les yeux. Laurent, étalé sur le sol, la serrait fortement, son autre main cramponnée à la portière de la Mercedes. Elle le dévisagea, incrédule, vit qu'il n'était pas même blessé. Elle s'arc-bouta sur la paroi, jeta un regard vers le bas. Teilhard, à moitié aveuglé par la glaise qui maculait l'avant de son costume et son visage, enfonçait les ongles de sa main gauche dans la chair de la cheville de Céline. Elle hurla. Teilhard ramena sa main droite vers le haut. Céline vit jaillir le canon noir de l'arme et, d'un mouvement convulsif, le frappa au visage de son talon resté libre. Il y eut un bruit sec, obscène. Teilhard lâcha prise avec un cri étranglé, glissa dans le vide. Laurent banda ses muscles, la hissa de quelques centimètres. Les pieds de Céline dérapaient sur la paroi de glaise. Pendant un long moment elle crut qu'elle n'arriverait pas à retrouver une prise. Puis, sans savoir comment, elle réussit à accrocher le relief d'une roche sous son talon, se hissa avant que le sol cède sous son poids, et bascula dans les bras de Laurent.

– Que… qu'est-ce qui s'est passé ?

Laurent se mit debout, fit quelques pas vers l'arrière de la voiture. Céline se redressa, sans dire un mot. Sandra était assise sur la banquette arrière, les jambes à l'extérieur, l'air préoccupé. Une large tache sombre baignait son T-shirt, ruisselait sur ses jambes.

– Elle l'a poussé, murmura Laurent. Elle l'a poussé…

– Les clefs, dit Céline. Est-ce qu'il a laissé les clefs sur le contact ?

Laurent fit le tour de la voiture, dérapa dans la glaise, ouvrit la portière.

– Non, il doit les avoir sur lui.

Céline se pencha au-dessus du gouffre. Teilhard se tenait à mi-pente, incrusté dans la paroi comme un cafard écrasé contre un mur.

– C'est pas… la… peine, murmura Sandra. C'est… pas… la…

– Ne dis rien, allonge-toi, allonge-toi…

Céline se faufila près d'elle sur la banquette arrière, l'aida à se caler contre le siège, passa une main sur son front. Sandra saisit son poignet, serra très fort.

– Il m'avait dit qu'il les avait envoyés à l'étranger pour quelque temps… et, comme une conne, je l'ai cru… Anton disait toujours qu'il voulait aller se battre en Yougoslavie… qu'il voulait être mercenaire…

– Ne dis rien.

– Je suis désolée pour Julien. C'était un jeu… un jeu à la con…

– Tu lui as donné des photos à développer, c'est ça.

Sandra fit signe que oui.

– On les avait prises par bravade, Anton disait que si on les maquillait un peu, on pourrait… les faire passer… putain ça brûle… sur Internet… sur le site d'un de ses potes. Sans mettre de nom, ni rien, mais tout le monde… aurait su qui on était…

Laurent secoua la tête, une expression de tristesse et de dégoût sur son visage.

– Ne dis rien. On va aller chercher des secours, promit Céline.

– M'fais pas… marrer. En tout cas, je crois que je vais pouvoir me passer… de Prozac maintenant…

– Allonge-toi…

– Embrasse-moi, s'il te… plaît. Embrasse-moi, j'ai… super… froid, et…

Des larmes coulaient sur les joues de Céline, des larmes qu'elle n'avait pas senti monter. Elle embrassa la joue de Sandra, reposa sa tête sur la banquette.

Du gouffre, un grognement leur parvint. Laurent s'approcha précautionneusement de la paroi, s'agenouilla, imité par Céline. Teilhard avait réussi à remonter de quelques mètres, laissant derrière lui une trace visqueuse dans la glaise. Il leva vers eux des yeux fous, avança encore d'un mètre ou deux. Dans sa main droite, il tenait toujours l'arme couverte de boue, dont il se servait comme d'un piton.

– Aidez-moi, cria-t-il. Aidez-moi !

Son ton hésitait entre la supplique et l'injonction. Ni Laurent ni Céline ne bougèrent. Ils échangèrent un regard, leurs mains se serrèrent.

– Je n'ai rien dans la voiture, pas de corde, pas de câble, rien…

– Je ne gaspillerais pas de la corde pour lui, dit Céline.

Teilhard grimpa encore quelques mètres et, pendant un moment, il sembla près de réussir. Il n'était plus qu'à quelques centimètres du carton de livres profondément enfoncé dans le sol, vers lequel il se dirigeait. Il calcula son coup, lâcha la paroi pour s'agripper au côté du carton. Immédiatement, au contact du matériau détrempé par la pluie, il dut comprendre son erreur. Il avait cru pouvoir s'agripper à un objet solide, mais son poids déchira l'emballage, et les livres commencèrent à se répandre dans la glaise, glissant vers lui, cognant une de ses chevilles, lui faisant perdre appui. Avec un cri de terreur et de rage, il dévissa sous une avalanche de livres haineux de Brasillach, de recueils de Rebatet, de thèses négationnistes, de délicats pamphlets de Louis-Ferdinand Céline. Griffant la paroi, ses doigts ensanglantés glissèrent sur les couvertures de magazines décorés de croix gammées, de portraits de Hitler. Il finit sa chute dans l'eau boueuse, glaciale, mais continua de lutter pendant encore un long moment atroce.

– Je ne fais que passer, dit Céline en traversant le salon des Lasfargue.

Bernard s'était levé du sofa, sur lequel il regardait sans la voir une série télévisée. Il fit quelques pas dans le couloir, dévisagea Céline et Laurent.

– Mais… mais d'où sors-tu ? Tu es dans un état…

Céline traversa la chambre d'amis, enjamba son sac de voyage qu'elle avait préparé le matin même, il y avait un siècle. Laurent la suivit dans la chambre de Julien, puis dans la salle de bains. Elle aperçut son reflet dans la glace, s'y arrêta un instant, découvrit, étonnée, la détermination toute neuve qui se lisait dans ses yeux.

– D'où est-ce que tu sors dans cette tenue? demanda Bernard en désignant du doigt les croûtes de glaise séchées, de sang, qui maculaient son visage, ses vêtements.

Décontenancé par le mutisme de sa nièce, il se tourna vers Laurent et lança:

– Et vous, vous êtes qui?

Céline avait ouvert le robinet d'eau froide, s'était aspergé le visage. Au jugé, elle attrapa une serviette sur le portant, s'essuya, avant de la tendre à Laurent.

– C'est un des amis de Julien, un de ses meilleurs amis, dit-elle à Bernard tandis que Laurent se penchait au-dessus du lavabo et buvait avidement au robinet.

Ils avaient marché depuis l'usine, avaient traversé les hauts de Sollières pour arriver en centre ville, sans s'arrêter ni prévenir personne, après avoir allongé le corps de Sandra à l'abri à l'arrière de la Mercedes.

– Un de ses meilleurs amis… répéta Bernard, pris de court.

– On a joué ensemble aux jeux de rôle, pendant quatre ans. C'était un super-joueur, dit Laurent en se passant la serviette dans le cou. Un super-joueur, et un ami formidable.

– Qu'est-ce que vous êtes venus faire chez

moi, tous les deux? Tu sais très bien ce que je pense des jeux de rôle, Céline, pourquoi m'as-tu amené ce type?

Céline tourna le dos à son oncle, inspecta la petite salle d'eau exiguë, se remémorant avec le maximum de précision possible le plan que Julien avait fait de l'appartement de Philip Hayworth.

– Qu'est-ce que vous êtes venus faire ici? répéta Bernard, hors de lui maintenant.

– Chercher la pierre de Mnar, dit Laurent.

Céline inspecta les sanitaires, souleva le couvercle de la chasse d'eau, sans succès. Elle pivota sur les talons, s'accroupit, jeta un œil sous le lavabo. Sa main courut à l'arrière de la vasque, suivit le contour des canalisations, se glissa dans le pied creux recouvert d'émail qui soutenait la vasque.

– Monsieur Morningdust, je crois que vous aviez vu juste.

– Tout le mérite vous revient, Miss Cornwell, répondit Laurent.

– Vous pouvez m'appeler Patricia. Vous m'avez vue nue, vous pouvez m'appeler Patricia.

– Mais vous vous foutez de ma gueule ou quoi? hurla Bernard en saisissant Laurent par le col de sa chemise.

– Vous avez de la chance d'être le père de mon ami, murmura Laurent.

Céline se redressa, tenant au bout de ses doigts un sac plastifié contenant une pochette de travaux photo à l'enseigne du magasin de Bernard.

– Qu'est-ce que c'est que ça?

– Tu sais ce que c'est, *mon oncle*, tu sais ce que c'est. Ce sont les photographies que Julien a développées dans ton atelier, en avril dernier.

– Donne-les-moi!

– Elles ne t'appartiennent pas.

– Donne-les-moi!

– Pour quoi faire? Pour les remettre à ton ami de la mairie, histoire de te voir confier encore quelques gros budgets? Je crains qu'il n'en ait plus l'utilité. Mais ça risque d'intéresser la justice, et les journalistes…

Bernard se jeta en avant pour saisir la pochette, mais Laurent, d'une gifle, le renvoya valser dans la chambre de Julien.

– Qu'est-ce que tu vas en faire? gronda Bernard. Qu'est-ce que tu vas leur dire?

– Ce qu'ils ont besoin de savoir. Que mon cousin n'avait rien à voir avec cette histoire de profanation de sépultures, mais qu'il était tombé profondément amoureux d'une jeune fille un peu dérangée, qui par jeu lui a remis un film à développer, sur lequel elle apparaît avec deux de ses amis, néo-nazis notoires et accessoirement membres du service d'ordre de la municipalité, en train de saccager des pierres tombales, et pire si affinités. Je vais leur dire que lorsque Julien s'est rendu compte de ce qu'il avait en main, il a été pris d'une telle panique, d'un tel désespoir, qu'il a préféré se supprimer plutôt que d'avoir à choisir, entre livrer la fille qu'il aimait à la justice, ou dissimuler la vérité sur une série de crimes immondes.

Bernard hésita, se redressa, soupira.

– Ça te va comme explication ? demanda Céline.

– Pourquoi tu me parles sur ce ton ? Si c'est ce que tu as découvert, très bien, va le dire aux flics…

– Je crois que c'est ce que je vais faire. Bien sûr, il y a une autre explication au suicide de Julien, mais elle est sans doute inutilement romanesque, dit Céline.

Bernard ne répondit rien. Ses mains tremblaient.

– C'est l'histoire d'un garçon gentil, un peu naïf, qui ne s'intéresse pas à la politique. Il tombe amoureux fou d'une fille un peu dérangée, etc. Mais malgré l'amour qu'il porte à cette jeune fille, malgré son manque d'intérêt pour les affaires du monde, il sait discerner l'abjection quand il la rencontre, il sait tracer la frontière entre ce qui est tolérable et ce qui est inacceptable. Et quand il découvre ce qu'il y a sur ces photographies, parce qu'il se sent perdu, parce que c'est trop douloureux à affronter seul, il court en parler à la seule personne en qui il a une confiance aveugle. Mais à sa grande surprise, cette personne lui déconseille de donner les photographies à la police, lui demande de patienter, le temps de donner quelques coups de fil, de préparer le terrain. Et le garçon se rend compte, avec horreur, que l'homme à qui il voue un vrai culte, que l'homme qu'il respecte par-dessus tout a l'intention de monnayer l'existence de ces photographies, d'en tirer profit. Alors il cache les clichés, parce qu'il n'a ni la force de les détruire, ni le courage de dénoncer la jeune fille à la police. Il cache les clichés, il écrit un petit mot à sa mère, et il se pend dans le grenier de la maison familiale…

La voix de Céline se brisa, mais elle continua quand même :

– Je pourrais raconter cette histoire-là à la police, bien sûr, et même leur dire comment le père du garçon, sans rien ignorer pourtant de sa propre responsabilité dans le suicide de son fils, choisit de pactiser avec ceux qui avaient causé indirectement sa perte, tout en poursuivant de sa haine les amis de son fils, alors qu'il les savait parfaitement innocents. Je pourrais raconter cette histoire-là, mais c'est une histoire affreusement triste, et j'ai assez vu pleurer tante Sylviane pour choisir de travestir un peu la vérité. Mais toi, mon oncle, il te faudra vivre avec, et je ne t'envie pas.

Elle glissa sa main dans la main de Laurent, pour se redonner un peu de force, et ils quittèrent la pièce sans un regard en arrière. Longtemps après leur départ, Bernard resta assis sur le lit de son fils, recroquevillé, secoué de sanglots.